I0597764

UN MARI POUR CAROLINE

UN MARI POUR CAROLINE (FORCES TRÈS SPÉCIALES, 4)

SUSAN STOKER

DU MÊME AUTEUR

<u>Autres livres de Susan Stoker</u>

<u>Forces Très Spéciales Series</u>

Un Protecteur Pour Caroline

Un Protecteur Pour Alabama

Un Protecteur Pour Fiona

Un Mari Pour Caroline

Un Protecteur Pour Summer

Un Protecteur Pour Cheyenne

Un Protecteur Pour Jessyka

Un Protecteur Pour Julie

Un Protecteur Pour Melody

Un Protecteur Pour the Future

Un Protecteur Pour Kiera

Un Protecteur Pour Dakota

<u>Delta Force Heroes Series</u>

Un héros pour Rayne

Un héros pour Emily

Un héros pour Harley

Un mari pour Emily

Un héros pour Kassie

Un héros pour Bryn

Un héros pour Casey

Un héros pour Wendy (Mars)

Un héros pour Mary (Avril)

Un héros pour Macie (May)

1

———

Caroline franchit le seuil d'*Aces Bar and Grill* et cherca Matthew du regard. Le voyant attablé à leur place habituelle avec toute son équipe de soldats d'élite, accompagnés de Fiona et d'Alabama, elle se dirigea vers eux.

Saluant au passage Jess, leur serveuse habituelle, elle traversa la foule pour aller rejoindre son homme. Le bar semblait inhabituellement bondé ce soir-là, mais comme de coutume, Matthew n'attendit pas qu'elle arrive à sa hauteur. Elle sourit en voyant qu'il la rejoignait. Il était presque irritant de voir que la foule s'écartait presque magiquement devant lui, mais elle ne pouvait pas en vouloir aux clients. Matthew était un homme imposant.

Elle analysa son compagnon pendant qu'il venait la rejoindre. Il était grand – environ un mètre quatre-vingt-dix – et il avait l'allure d'un homme qui ne s'en laisse pas remontrer. Il portait un jean et un t-shirt à manches courtes suffisamment grand pour le laisser libre de ses mouvements, mais à peine. Elle voyait ses biceps se contracter pendant qu'il avançait. Elle s'arrêta et laissa Matthew venir à elle. Elle ne cesserait jamais de s'émerveiller d'avoir eu la chance que cet homme si génialement beau, sexy, courageux et intense soit avec *elle*.

— Salut, Ice. Tu m'as manqué.

Caroline sourit.

— On s'est quittés voilà deux heures.

— Je sais. Mais comme je viens de le dire, tu m'as manqué.

Matthew Steel, dit Wolf, posa la main sur la joue de Caroline et se pencha vers elle.

— Tu m'as manqué aussi, admit-elle d'une voix rauque.

Elle aimait sentir les mains de Matthew sur sa personne. Il parvenait toujours à la faire se sentir tellement chérie.

Wolf captura les lèvres de Caroline. Oubliant qu'ils se trouvaient au milieu d'un bar, bousculés par les gens qui passaient près d'eux, Wolf montra à Caroline à quel point elle lui avait manqué.

Celle-ci noua les bras derrière la nuque de son homme et se perdit dans son baiser. Elle sentit son corps s'assouplir et se prépara à recevoir son amour, mais heureusement, avant qu'elle n'ait le temps de faire quelque chose de si embarrassant qu'elle ne pourrait plus jamais remettre les pieds à *Ace*, Matthew recula la tête.

— Bon sang, Ice. Tu es géniale. Viens.

Wolf lâcha le visage de Caroline et s'empara d'une de ses mains qu'elle avait posée sur sa poitrine.

— J'ai commandé pour toi ; tout le monde est déjà là.

— Salut, les gars !

— Salut !

— Bonsoir, Caroline !

— Salut, Ice.

Les salutations étaient franches et sincères. Caroline ne s'était jamais sentie aussi chanceuse. Non seulement avait-elle acquis un homme fantastique quand elle avait emménagé avec Matthew, mais elle considérait également ses coéquipiers comme des frères. À présent que Christopher s'était casé avec

Alabama et que Hunter avait épousé Fiona, elle avait également des sœurs et des meilleures amies.

Matthew installa Caroline sur le siège à côté du sien avant de s'asseoir à son tour.

— Pourquoi tu es aussi en retard ? se plaignit Fiona avec un sourire pour atténuer le mordant de ses paroles.

— On a fait une avancée au travail. On testait un composé depuis une éternité et on a enfin trouvé comment...

Wolf plaqua la main sur la bouche de Caroline et étouffa ses paroles.

— Tu as quitté le travail, Ice. On ne parle plus de boulot ce soir. On est ici pour se détendre, pas pour entendre parler de tes trucs de chimiste.

Le groupe s'esclaffa.

Caroline fit semblant de le fusiller du regard tout en tirant la langue et en lui léchant la paume de façon sensuelle. Elle vit ses yeux s'embraser et elle aurait soudain aimé qu'ils se trouvent n'importe tout sauf ici.

Wolf se pencha contre elle, retira sa main de sa bouche et la posa sur sa cuisse.

— Je vais te le faire payer, ce soir, Ice.

Elle sentit la chair de poule remonter sur sa peau

en entendant ses paroles murmurées contre son oreille.

— J'y compte bien, Matthew.

Wolf embrassa Caroline sur la tempe et se redressa, ne retirant pas sa main de sa jambe. Il était l'homme le plus chanceux du monde. Il n'oublierait jamais sa peur quand il avait vu la vidéo de Caroline en train de se faire torturer. Il se remémorerait toujours la façon dont il avait retenu son souffle, priant de ne pas avoir à assister à son exécution. Les terroristes avaient espéré qu'envoyer cet enregistrement ferait perdre leur sang-froid à l'équipe des forces spéciales, mais ils étaient trop bien entraînés pour cela. Au contraire, cela avait solidifié leur détermination à récupérer Caroline vivante et buter ces terroristes.

Wolf savait que ce qu'il devait à Cookie était une dette plus importante que son ami était à même de comprendre. Cookie avait essayé de dire à Wolf que la dette avait été remboursée quand ils avaient été obligés d'interrompre une mission afin de rentrer aux États-Unis pour retrouver sa compagne, Fiona, quand celle-ci avait eu des problèmes. Mais Wolf savait qu'il n'aurait jamais le sentiment que cette dette était entièrement épongée.

C'est Hunter Knox, alias Cookie, qui s'était assuré que Caroline reste en vie quand on l'avait jetée à la mer. C'est lui qui avait tenu le masque à oxygène salvateur contre son visage et l'avait entraînée à la nage loin du bateau des terroristes quelques secondes avant qu'il n'explose.

Wolf ne reprochait pas à Caroline l'amitié étroite qui l'unissait à Cookie. Et ils étaient véritablement très proches. Il avait beau être possessif, dans ce cas précis, il ne parvenait pas à se forcer à s'en préoccuper. Dans toute autre situation, si un homme avait osé toucher Caroline, Wolf lui aurait bouffé le nez... mais pas Cookie.

Une seule chose le dérangeait dans leur relation, mais il savait qu'il n'en parlerait probablement jamais à Caroline. Cela ne valait pas la peine de les tracasser tous les deux. Il faudrait simplement qu'il subisse en silence et avale la pilule.

Ce soir-là, Wolf espérait franchir le premier pas qui ferait de Caroline son épouse officielle. Il avait convié tous ses amis parce qu'il allait demander à Caroline de l'épouser. Il savait à quel point les amis de Caroline comptaient pour elle, et il avait l'intention de l'entourer d'autant d'amour que possible avant de lui demander de porter son anneau.

— Comment vas-tu, Fiona ? lui demanda doucement Caroline en se penchant vers son amie.

Elle n'oublierait jamais la peur que Fiona lui avait faite quand celle-ci avait subi un flash-back de son enlèvement et avait pris la fuite loin de Riverton.

— Je vais bien, Caroline. Je ne vois plus le Dr Hancock que deux fois par mois, et je me sens plutôt bien sur tous les plans. Je sais que je n'oublierai probablement jamais véritablement ce qui m'est arrivé au Mexique, mais à chaque fois que c'est... difficile, Hunter est là.

Caroline mit la main sur la table pour presser celle de Fiona.

— C'est bien. Hunter s'occupera bien de toi. Je n'en doute pas un instant.

Les deux femmes échangèrent un regard plein de compréhension. Fiona comprenait la relation entre son mari et Caroline, et la soutenait entièrement.

— Alors, vous êtes tous prêts à être servis ?

La serveuse se tenait à côté de leur table. Ses longs cheveux noirs étaient attachés en une queue de cheval qui cascadait le long de son dos.

— Merci, Jess, dit Benny en levant les yeux vers la jolie serveuse. On attendait simplement Caroline, mais maintenant on est tous là.

Jess hocha la tête et retourna vers le bar, certainement pour dire au cuisinier d'envoyer les plats.

— Bon, qu'est-ce qu'on fête ? demanda Caroline en parcourant la table du regard.

— On n'a pas le droit de tous se retrouver pour passer du temps ensemble ? demanda Sam Reed, dit Mozart, avec un sourire malicieux.

— Euh, si, dit Caroline d'un ton quelque peu sarcastique, mais généralement quand ça arrive, vous (elle désigna les soldats célibataires assis à la table) amenez une pouf avec vous et faites semblant d'être en couple au lieu de vous contenter de la nourrir avant de la ramener à la maison pour...

— Attends un peu ! l'interrompit Faulkner Cooper, alias Dude, d'une voix geignarde. Ce n'est pas juste. On *sort* avec les femmes qu'on invite à dîner.

— Oui, pour la nuit.

Les hommes se tournèrent vers Alabama, choqués. Elle ne parlait pas souvent, mais de temps en temps, elle décochait une bonne répartie, comme elle venait justement de le faire.

Christopher Powers, surnommé Abe, se pencha vers sa compagne avec un petit rire.

— Ça, c'est bien toi ! dit-il avec affection.

— Bon Dieu, vous les femmes êtes mortelles, se plaignit Kason Sawyer, qu'on appelait Benny. Vous râlez quand on sort avec quelqu'un, vous râlez quand elle ne vous plaît pas puis vous râlez quand on casse.

— C'est parce qu'on tient à vous, dit sérieusement Caroline. Vous méritez tous mieux que des femmes telles que Michèle et Adélaïde. Si vous nous écoutiez un peu, vous vous rendriez compte qu'on les calcule en deux secondes.

— Juste parce que vous autres (Mozart désigna ses coéquipiers accompagnés de leurs compagnes) vous êtes trouvés, cela ne signifie pas que le reste d'entre nous a hâte de faire pareil.

— Balivernes, rétorqua calmement Caroline. Je crois que vous voulez tous avoir ce que nous avons, et c'est super, parce que vous le méritez tous. Mais si vous continuez à ne regarder que les nanas que vous rencontrez dans ce bar et qui ont seulement envie de passer la nuit avec un soldat d'élite, vous n'en trouverez jamais aucune. Il faut que vous ouvriez les yeux et voyiez les autres femmes autour de vous. Les femmes correctes. Regardez celles que vous ne *verriez* pas, autrement.

Pile au moment où Caroline achevait son

discours passionné, Jess s'approcha de la table avec un plateau chargé de nourriture.

— J'espère que je ne vous dérange pas..., dit-elle d'un ton hésitant.

— Absolument pas, lui répondit Benny d'une voix bourrue, visiblement content que la conversation soit interrompue.

On fit passer la nourriture autour de la table et tout le monde y piocha. Au bout de trente minutes d'un repas délicieux et d'une conversation intéressante, ils étaient tous détendus, appuyés au dossier de leurs sièges.

— Personne ne m'a répondu. C'est une occasion spéciale, ce soir, ou quoi ?

Caroline sourit à ses amis. En fait, peu lui importait de savoir pourquoi ils étaient là, elle était simplement contente d'être avec ses amis. Elle se tourna vers Matthew quand celui-ci se redressa. Il avait gardé la main sur sa jambe durant tout le dîner. Bien entendu, il ne l'avait pas tenue immobile non plus. Son pouce avait caressé sa cuisse rythmiquement et Caroline s'était trémoussée sur son siège.

Elle regarda Matthew d'un air surpris quand il s'agenouilla près de son siège.

— Qu'est-ce que tu fais, Matthew ? Relève-toi.

Wolf déglutit fort. Il n'avait pas à se sentir aussi nerveux, mais il ne pouvait pas s'en empêcher.

— Je t'aime, Caroline Martin. Plus que tout au monde.

Il lui prit les deux mains dans les siennes et les porta à ses lèvres. Y déposant un baiser, il les reposa dans son giron, mais il ne les lâcha pas et sentit Caroline trembler.

— Je t'aime aussi, Matthew, mais qu'est-ce que...

Wolf l'interrompit.

— Dans ma vie, j'ai rencontré des gens qui m'ont vraiment inspiré. Tu sais que mes parents sont toujours ensemble après quarante ans de mariage. J'ai vu à quel point il est important de trouver la bonne personne avec laquelle passer le reste de sa vie.

Caroline en resta bouche bée, comprenant soudain ce qui se passait.

— Matthew...

Wolf s'empressa de poursuivre.

— Je me suis rendu dans pas mal d'endroits merdiques. J'ai vu des choses horribles. J'ai commis des actes terribles. Au fond de moi, je sais que tu es trop bien pour moi, mais peu m'importe. Tu m'as aidé à devenir une meilleure personne. Tous les jours. Tous les jours, je me demande : « Est-ce que cela rendrait Caroline fière de moi ? » Si la réponse est oui, je continue ; sinon, j'essaye de trouver une autre solution.

À présent, Caroline pleurait franchement.

— Matthew, sérieusement...

Wolf lâcha les mains de sa compagne pour la saisir délicatement par le cou. Il caressa son visage de ses pouces et baissa la voix, afin de ne s'adresser qu'à elle.

— Je t'aime, Ice. Je t'aime de tout mon être. Le meilleur jour de ma vie est celui où je me suis assis à côté de toi dans cet avion. Je ne m'imagine pas vivre sans toi, et je n'en ai pas envie. Je t'ai conviée ici ce soir pour te demander de devenir ma femme. Ma partenaire. Ma vie tout entière. Je voulais que tu sois avec tous tes amis, et les miens. Je veux voir mon anneau à ton doigt afin que tous les autres hommes sachent que tu es prise. Tu es *à moi*. Veux-tu bien m'épouser, Caroline ?

Reniflant et se retenant à Matthew en serrant très fort le côté de son t-shirt, Caroline dit :

— Je peux parler, maintenant ?

Wolf émit un petit rire, se pencha et lui donna un bref baiser avant de se reculer.

— Oui, Ice, tu peux parler, mais le seul mot que j'ai envie d'entendre est oui.

— Oui.

Elle avait parlé doucement, mais toute la tablée put entendre l'émotion qui fit vibrer ce simple mot.

Wolf serra les doigts et se pencha pour conclure l'affaire, mais Caroline l'arrêta d'une main sur la poitrine.

— Oui, je veux bien t'épouser. Cela fait longtemps que je rêve de ce moment, mais je veux que tu saches que je suis fière de toi tous les jours. Tu pourrais rester assis sur le canapé tous les jours, toute la journée, je serais toujours fière de toi. Tu n'as pas fait des choses horribles. Ce sont d'*autres* gens qui ont commis des actes horribles. Toi et ton équipe empêchez ces choses terribles de continuer d'arriver à des gens bien.

Caroline coula un regard à Fiona et lui adressa un sourire larmoyant, et quand son amie le lui rendit, elle se retourna vers Matthew.

— Oui, je veux t'épouser. Je t'aime tellement. Je porterai ton anneau avec fierté. J'ai hâte de devenir Madame Caroline Steel.

Wolf serra Caroline contre lui alors que leurs amis se perdirent en vivats et en félicitations. Jess débarqua soudain avec du champagne pour toute la table. Le reste des clients les félicitèrent également.

Caroline se recula et au milieu du chaos, elle regarda Matthew dans les yeux et dit :

— Je t'aime.

Wolf ne répondit rien, mais il fourra la main dans la poche avant de son jean et en tira un anneau. Prenant la main gauche de Caroline, il embrassa la base de son annulaire avant d'y glisser la bague de fiançailles.

Caroline baissa les yeux vers sa main et resta sans voix. La bague était ravissante. Ses yeux se remplirent à nouveau immédiatement de larmes. Matthew avait visiblement prêté attention à ses goûts en matière de bijoux. Elle n'en portait pas beaucoup et s'était souvent plainte à lui que la plupart des bijoux, des bagues, des bracelets et des colliers la gênaient pendant qu'elle essayait de travailler.

La bague de platine était sertie au milieu d'un diamant de taille émeraude entouré de deux diamants taille princesse. Toutes les pierres étaient arrondies pour ne pas faire saillie. Caroline ne risquait donc pas d'accrocher la bague à ses vête-ments ou à quoi que ce soit d'autre au travail. Même si l'anneau n'était pas ostentatoire, les diamants étaient conséquents. Caroline n'était pas une experte, mais la pierre du milieu devait faire au moins un carat et les deux petits diamants le valaient presque.

— Elle te plaît ?

Caroline entendit l'inquiétude dans la voix de Matthew et elle s'empressa de la rassurer.

— C'est la bague la plus jolie que j'ai jamais vue. Si tu avais l'intention de m'acheter quelque chose que je ne voudrais jamais retirer, on peut dire que tu as réussi.

— J'avais envie de t'acheter quelque chose de gros, qui aurait clairement signalé que tu étais prise, mais je sais que tu aurais détesté.

— Tu me connais si bien, Matthew. Sérieusement. Je t'aime tellement.

Cela le fit rire.

— Tu pourras me montrer à quel point plus tard dans la soirée.

Caroline aimait voir les prunelles de son homme pétiller.

— Comptes-y.

Ils avaient une vie sexuelle saine, mais quelque part, Caroline savait que ce soir-là ne serait pas une nuit comme les autres.

— Allons, Matthew, laisse-la respirer. J'ai envie de voir la bague ! s'exclama Fiona, faisant rire tout le monde.

Wolf se redressa et s'assit à nouveau à côté de Caroline. Il garda la main au creux de son dos et enfonça son auriculaire dans la chute de ses reins. Il la sentit alors se trémousser et savait qu'elle avait parfaitement conscience de sa présence et de sa main. Wolf sourit. La première partie de son plan était allée comme sur des roulettes ; il espérait simplement que la suite fonctionne aussi bien.

2

Deux jours après ses fiançailles, Caroline était assise en face de son fiancé et le fusillait du regard.

— Matthew, c'est ridicule de dépenser autant d'argent pour un mariage. Sérieusement, on peut le faire à *Aces* et c'est tout.

— Ice, je veux t'offrir la plus grande cérémonie de mariage qui soit. Je veux que tout le monde dans le pays sache que tu es à moi, et quand ce sera fait, je veux avoir la plus grande fête que je puisse organiser.

— Mais, Matthew, sérieusement, c'est fou. Je crois que tout le monde sait déjà que je suis « à toi » à cause de la façon dont tu te comportes. Tu m'attrapes par la nuque pour me bécoter à chaque fois que quelqu'un ne fait ne serait-ce que tourner la tête dans ma direction. C'était vraiment embarrassant à la supérette quand l'employé de quinze ans a croisé mon regard par hasard et que tu m'as fait basculer dans tes bras ! Matthew, franchement, tu te comportes comme un malade !

Wolf inspira profondément.

— Je sais que je le suis, Ice, mais j'avais envie de t'offrir tout ça.

— Mais si ce n'est pas ce que je désire ?

Caroline vit un muscle se contracter dans la mâchoire de Matthew. Soudain, elle comprit.

— C'est toi qui en as besoin, n'est-ce pas ?

— Si tu n'en as pas envie, ce n'est pas grave. On peut aller à la mairie, ou bien on partira à Las Vegas comme Cookie et Fiona.

Caroline répéta sa question, qui n'en était plus une :

— Tu en as besoin.

Voir le dilemme interne de Matthew l'aida à se décider. Il aurait fait n'importe quoi pour elle. Elle avait seulement besoin de dire « c'est joli » ou « c'est super », et l'instant d'après, Matthew le lui avait acheté. Caroline avait appris à faire très attention à ce qu'elle disait en sa présence. Elle savait qu'il abandonnerait l'idée d'un grand mariage si elle insistait. Mais il était évident que Matthew en avait besoin.

C'était ce qu'il voulait et Caroline ne pouvait pas le lui refuser.

— D'accord. On va avoir un grand mariage.

Caroline savait qu'elle avait pris la bonne décision quand elle lut le soulagement sur le visage de Matthew.

— Sérieusement, on pourrait simplement...

Il essayait toujours de le dénier.

— Non. On va faire un grand mariage. Mais j'ai besoin d'aide. Je ne sais absolument pas quoi faire. Et je ne pense pas que Fiona et Alabama le sachent non plus. Fiona est partie à Las Vegas et s'est mariée en jean. (La voix de Caroline se brisa, mais elle poursuivit :) J'ai toujours rêvé de planifier mon mariage avec ma mère, même si une partie de moi savait que c'était peu probable. À leur âge, je savais qu'ils risqueraient de ne pas vivre suffisamment longtemps pour me voir me marier, mais j'espérais quand même.

— Cookie.

— Quoi ?

— Cookie peut t'aider.

Wolf posa la main sur la joue de Caroline et la lui frotta tendrement du pouce.

Caroline regarda Matthew comme s'il avait perdu la tête.

— Qu'est-ce qu'il connaît aux mariages ?

Wolf retira sa main de sa joue et se la passa sur la tête. Il était embarrassé, mais il avait besoin de rassurer Caroline.

— Il avait ta vie entre ses mains.

— Qu'est-ce que ça a à voir avec une cérémonie de mariage ?

Mais la voix de Caroline s'adoucit, sachant que la question de son enlèvement et de son sauvetage était toujours un sujet délicat pour Matthew.

— Ta vie reposait entre ses mains. Je ferais n'importe quoi pour Cookie. Après sa rencontre avec Fiona, on a beaucoup parlé de mariages. On s'est dit que ce doit être grandiose, avec une grande fête ; que toi et Fiona auriez été si belles dans votre robe de mariée, alors que vous descendriez l'allée vers nous...

Caroline n'en supporta pas davantage ; elle quitta son siège et vint rejoindre Matthew pour lui prendre la main.

— Viens, allons nous asseoir sur le canapé.

Ils se dirigèrent vers le sofa et Caroline poussa Matthew avant de grimper sur ses genoux.

— C'est mieux. J'aime avoir ta chaleur contre moi. Sentir les battements de ton cœur contre ma joue me réconforte. Continue.

Wolf sourit. Sa Caroline était extraordinaire. Elle savait que c'était difficile pour lui et faisait tout son possible pour le mettre à l'aise.

— J'étais parfaitement disposé à les aider, Fiona et lui, à planifier leur mariage, mais Fiona lui avait dit qu'elle ne pouvait pas tolérer un grand mariage. Avec tout ce qui lui est arrivé, elle se sentirait mal à l'aise en public et préfèrerait un mariage discret. Cookie a immédiatement accepté. Je lui dois quelque chose.

Les mots de Wolf moururent sur ses lèvres, et ils savaient tous les deux qu'il était en train de revivre ces moments terribles durant lesquels il n'avait pas su si Caroline était vivante ou non.

— Je lui dois quelque chose, et cela serait une façon pour lui de faire l'expérience d'un grand mariage. Je sais que c'est un homme et qu'il n'est pas ta mère, et je conçois parfaitement que ce n'est ni normal ni traditionnel, mais il se comportera bien avec toi, Ice. Il t'aime comme une sœur. Lui permets-tu de t'aider ?

— Bien sûr.

Caroline ne voulait pas laisser Matthew attendre qu'elle le rassure, alors elle poursuivit :

— J'apprécie que tu souhaites protéger ton ami et j'aime Cookie comme s'il était mon frère de sang, mais sérieusement, Matthew, je ne suis pas très bran-chée mariage. S'il organise quelque chose et que cela vire en numéro de foire, tu ne pourras pas me le reprocher.

Wolf s'écarta pour pouvoir allonger Caroline sur le canapé, et il se positionna sur elle. Lui encadrant le visage des mains, il se pencha tout près d'elle.

— Ice, peu m'importe que Cookie engage des dresseurs de lions et des funambules. Tant qu'au final, tu es à moi en toute légalité, je serai l'homme le plus heureux du monde.

— Je t'aime.

— Je t'aime aussi. Lève les bras. Je pense qu'on a besoin de sceller le contrat.

Caroline sourit à Matthew et fit ce qu'il lui demandait. Alors qu'il faisait passer son haut au-dessus de sa tête, elle dit :

— C'est une expression qui me plaît. Sceller les choses avec mon séduisant soldat des forces spéciales.

Elle vit Matthew lever les yeux au ciel, mais elle perdit le fil de ses pensées quand elle sentit sa bouche sur son sein. Il abaissa son soutien-gorge et se mit immédiatement à la suçoter, sautant les préli-minaires. Caroline arqua son corps contre Matthew et sentit la force de son désir. Oh, oui. La dernière chose qu'elle se dit avant de tout oublier pour le moment était qu'elle n'aurait pas rechigné à négocier avec son homme si c'était la façon dont il clôturait les débats.

Elle oublia soudain tout de son mariage et de Cookie alors que Matthew s'efforçait de la faire se sentir aimée et chérie.

✳ ✳ ✳

— Pourquoi pas *Bless the Broken Road*, par Rascal Flatts ?

Caroline mit sa tête dans sa main et appuya son coude sur la table de la cuisine. Matthew avait appelé Hunter et lui avait expliqué qu'il était à présent leur organisateur de mariage officiel. Caroline n'avait pas cru que Hunter se montrerait aussi enthousiaste, mais Matthew n'avait visiblement pas menti en parlant de son ardeur pour son propre mariage, car leur ami était absolument ravi à l'idée d'aider Caroline à organiser son mariage.

Quand celle-ci en avait parlé à Fiona pour s'assurer qu'elle était d'accord pour que son mari organise son mariage, elle s'était contentée de rire en disant :

— Bonne chance.

Caroline avait souri, mais à présent elle comprenait qu'elle avait tenté de la prévenir.

Trois jours s'étaient écoulés et Hunter n'avait pas perdu de temps. Il leur avait pris rendez-vous pour qu'ils goûtent à trois gâteaux différents et essayent de réserver le menu pour le buffet. Hunter avait convenu d'une journée pour aller acheter une robe et avait même torturé Caroline pendant des heures en lui montrant des fleurs.

À présent, ils discutaient de la chanson pour la première danse. Hunter en avait toute une liste qu'il voulait présenter à Caroline, et elle pétait un plomb.

— Cette chanson me plaît, Hunter, lui dit honnêtement Caroline, mais je pense qu'on la joue trop souvent.

— D'accord, en convint immédiatement Cookie. Et pourquoi pas *When You Say Nothing at All*, de Alison Kraus ? Ou bien si tu veux quelque chose de différent, tu pourrais choisir *Here For You* d'Ozzy Osborne ?

— Sérieusement, Hunter, je ne sais pas sur quoi je veux danser. Je ne sais même pas si Matthew sait danser.

— Ce n'est pas grave, Ice. Tu vas danser, parce que c'est ce qu'on fait pendant un mariage. On doit prendre des photos et suivre les traditions.

— Il faut que je décide tout de suite ? continua de se plaindre Caroline. Le mariage n'est que dans deux mois.

— Deux mois passent très vite, la gronda Cookie. Plus tu prendras de décisions tout de suite, mieux tu te sentiras le jour venu.

Caroline laissa retomber sa tête sur la table et gémit :

— Je ne peux pas décider aujourd'hui.

— Et pourquoi pas *To Make You Feel My Love* de Garth Brooks ? insista Cookie. C'est traditionnel, mais puisque c'est une chanson plus vieille, elle n'est plus tellement jouée.

— Bon, je n'en peux plus. J'en ai fini pour la journée avec toutes ces histoires de mariage, dit Caroline, exaspérée, en se redressant.

— Mais il faut qu'on regarde les devis pour la salle et qu'on discute des chaussures que tu vas porter.

Caroline le dévisagea, bouche bée. Elle ne répondit rien, mais prit son téléphone et composa un numéro.

— Allô ?

— Fiona ? Viens récupérer ton mari.

Caroline grimaça en entendant son amie éclater de rire.

— Tu en as marre ?

— Oui. Je n'arrive pas à croire qu'il soit impliqué dans tout comme ça. C'est vraiment bizarre.

Fusillant Hunter du regard tandis qu'elle parlait à sa femme, Caroline poursuivit :

— Je veux dire que, sérieusement, c'est un soldat d'élite flippant. Il peut tuer des gens rien qu'en les regardant... Comment ça se fait que les mariages le passionnent *autant* ?

— Je viens le chercher.

— Merci.

— À tout de suite.

— Le plus vite possible.

Caroline raccrocha et croisa les bras. Elle vit Hunter rougir et détourner les yeux.

— Bon, d'accord. J'admets que je dépasse un peu les bornes, mais je veux que ce jour soit parfait pour toi, Ice.

— J'ai bien compris, Hunter, mais il faut que tu te calmes. Sérieusement, si je ne choisis pas les bonnes fleurs, ou n'importe quoi d'autre, ce n'est pas la fin du monde. Pourquoi essayes-tu de condenser tous ces plans en une semaine ?

— Parce que si on est envoyés en mission en pleine organisation, je ne veux pas que quelque chose m'échappe.

Son explication fit fondre l'irritation de Caroline. Bien entendu. Ils étaient des soldats d'élite et pouvaient être appelés en mission à n'importe quel moment sans la garantie de pouvoir revenir, même pour un mariage. Elle comprenait parfaitement pourquoi il souhaitait à tout prix planifier.

— Très bien. Je comprends, je te le jure. Je vais te laisser continuer à planifier, mais il faudra que tu te montres plus raisonnable. Je suis super occupée au travail en ce moment, et je ne peux pas tout envoyer bouler juste pour aller acheter une robe ou comparer des modèles de faire-part.

— Super. On peut accepter de se retrouver pendant les week-ends pour pouvoir prendre certaines décisions et les exécuter ?

— Oui, ça me paraît acceptable. Je te donne les week-ends, Hunter, mais je t'en prie, lève un peu le pied.

Cookie sourit.

— Très bien.

Caroline leva les yeux au ciel, sachant qu'il ne serait pas capable de se mettre un frein. Elle n'aurait qu'à supporter cela pendant encore deux mois, puis ce serait derrière eux et elle serait mariée à Matthew.

3

— Tourne-toi, Caroline, fais-nous voir l'arrière, s'exclama Fiona d'une voix enthousiaste.

Caroline se retourna docilement pour montrer à ses amis l'arrière de la robe qu'elle portait. Elle avait l'impression que c'était la centième robe qu'elle essayait de la journée, mais ses amis étaient implacables. Caroline n'avait même plus l'impression qu'il s'agissait de *sa* robe. Elle avait entendu tellement de « non », « c'est pas ça », « presque, mais non », qu'elle s'était attendue à ce qu'ils disent la même chose de cette robe.

Mais non ! Un seul regard et Fiona, Alabama et Hunter avaient convenu que c'était *la bonne*. Bien sûr, elle était blanche et sans bretelles. Serrée à la taille, elle s'évasait en cloche. Elle avait une traîne, mais qui n'était pas trop longue, Dieu merci. Caroline se tourna pour montrer l'arrière à ses amis.

— Oh, mon Dieu. Oui. C'est la bonne, dit Alabama dans un souffle.

Caroline tourna la tête et regarda Hunter. Il avait fait ce qu'elle lui avait demandé et mis un frein pendant la semaine. Mais les derniers week-ends avaient été délirants. Il l'avait traînée d'un rendez-vous à un autre, et même lorsque Caroline l'avait suppliée, Fiona avait refusé de venir.

— J'ai refusé de le faire pour mon propre mariage, avait-elle prétexté. Je te soutiens, mais je ne vais pas le faire non plus pour le mariage de quelqu'un d'autre.

Elles avaient toutes les deux éclaté de rire et elle n'était pas en colère contre son amie. Fiona avait connu l'enfer et Caroline aurait fait n'importe quoi pour elle.

— Hunter ? Tu es bien silencieux.

Cookie regardait l'arrière de la robe que Caroline montrait à Fiona. Il avait longuement discuté avec sa femme du rôle qu'il jouait dans le mariage de Caroline, et Fiona l'avait rassuré qu'elle n'avait absolument rien à redire à ce qu'il faisait pour leur amie. Il avait vraiment de la chance d'avoir Fiona dans sa vie. Elle comprenait que Caroline et lui avaient un lien à cause de ce qui lui était arrivé dans l'océan ce jour-là, et Fiona ne lui reprochait pas une seule seconde du temps qu'il passait à organiser ce mariage.

Pour répondre à la question de Caroline, Cookie braqua sur sa femme un regard intense.

— La robe est parfaite. Le fait qu'il n'existe pas de façon aisée de te la retirer va frustrer Wolf et l'exciter toute la journée. Mais il saura que tout ce qu'il suffit de faire est de tirer un peu, et le nœud se défera. Il pourra tirer sur chaque ruban jusqu'à ce que la robe tombe autour de ta taille.

L'air parut s'électrifier et Caroline inspira profondément, sachant que Hunter ne parlait pas vraiment d'elle et de Wolf, mais voyait sa propre épouse à sa place.

— Il est temps de partir, dit soudainement Cookie en se levant et en saisissant la main de Fiona. Alabama, tu peux ramener Caroline, n'est-ce pas ? On a des choses à faire.

Il tira pratiquement Fiona hors de la petite boutique, mais s'arrêta devant la porte pour l'embrasser profondément.

Caroline regarda Alabama.

— Bon sang ! Je pense qu'elle lui a plu.

Elles éclatèrent de rire. Si le regard que Hunter

avait lancé à Fiona était brûlant, ce baiser était encore plus chaud.

— Allons, retire cette robe et partons avant que Hunter ne reprenne ses esprits et ne revienne en courant pour te demander de faire quelque chose d'autre en prévision du mariage, dit Alabama à Caroline en riant. En plus, j'ai envie de rentrer et de voir comment se porte Christopher. Je crois que je peux faire quelque chose pour lui.

— Mais vous êtes de vraies nymphomanes ! la taquina gentiment Caroline.

— Et pas toi ? répliqua immédiatement Alabama.

Caroline se contenta de sourire. Oui, son amie marquait un point. À chaque fois qu'elle faisait l'amour avec Matthew, elle avait l'impression que c'était de mieux en mieux.

— Maintenant que j'y pense, on a du temps libre, n'est-ce pas ?

Les deux femmes firent sortir Caroline de sa robe aussi vite que possible. Cette dernière s'assura de verser un acompte sur cette robe magnifique et promit d'appeler très vite pour prendre rendez-vous pour les retouches, même s'il ne manquait pas grand-chose pour qu'elle soit parfaite.

Alabama et Caroline quittèrent la boutique en se tenant par le bras.

— Merci d'être venue avec moi aujourd'hui, Alabama, lui dit franchement Caroline.

— Je n'aurais raté ça pour rien au monde.

* * *

— Sérieusement, Hunter, ce n'est pas ta faute si tu t'es tellement excité que tu as dû rentrer chez toi et passer le reste de la journée à montrer à Fiona à quel point tu l'aimes.

— C'est peut-être vrai, Ice, mais on a tout ça à faire.

Caroline n'avait aucune pitié pour Hunter.

— Non, tu m'as promis les week-ends. Nous ne sommes pas le week-end. C'est vendredi. J'ai plein de boulot au travail. J'aurai fini vers quatre heures. On pourra faire ça à ce moment-là.

Cookie soupira. Il savait qu'il se montrait excessif, mais il voulait simplement tout finir. Une fois que ce serait fait, il pourrait se détendre avant de profiter du mariage.

— Mais on doit choisir la nourriture, et on peut seulement le faire aujourd'hui à treize heures.

— Alors c'est *toi* qui choisis, Hunter.

— Vraiment ?

Caroline se contenta de secouer la tête, exaspé-rée, sachant qu'il ne pouvait pas la voir puisqu'ils étaient au téléphone.

— Oui, vraiment. Peu m'importe le menu. Assure-toi simplement que ce soit bon, qu'il y en ait assez pour tout le monde, qu'il y ait du choix. Il faut qu'il y ait une option végétarienne et aussi quelque chose pour les gens qui aiment la viande. Et puis du poulet ou quelque chose comme ça. Mais n'exagère pas.

— C'est l'image que tu as de moi ? demanda Cookie en affichant un air innocent.

— Absolument. Sérieusement, choisis quelque chose, Hunter.

— Très bien. Pourquoi pas *Inevitable* d'Anberlin ?

— Je n'ai pas encore décidé, Hunter.

— Mais ça se rapproche et tu n'as pas encore choisi de chanson. Je suis en train de t'aider.

— Tu ne m'aides pas.

Caroline entendit le sourire dans la voix de Hunter.

— On en reparlera. Ice ?

— Oui ?

Caroline était prête à tout.

— Merci.

— De quoi ?

— De m'avoir laissé t'aider. Merci de me donner cette occasion.

Caroline sourit. Elle aimait *pouvoir* donner cela à Hunter. Elle n'avait peut-être plus ses parents, mais Hunter était décidé à lui offrir un mariage parfait. Il voulait s'assurer qu'elle ait un mariage dans la plus pure tradition et elle lui en était reconnaissante.

— Je t'en prie. Alors maintenant tu vas nous trouver quelque chose de bon à manger pendant la réception.

— Bien reçu.

Caroline éteignit son portable et laissa retomber la tête sur son bureau. Pour la centième fois, elle aurait aimé que le mariage soit derrière elle, mais pour être honnête, elle aimait partager cette expérience avec Hunter, même s'il se comportait comme un malade. Elle n'aurait absolument pas su quoi faire si elle avait dû se débrouiller toute seule.

* * *

— Cela ne te fait vraiment rien que Hunter prenne autant en charge l'organisation de notre mariage ?

demanda Caroline à Matthew cette nuit-là, très sérieusement.

Elle y avait beaucoup réfléchi et Matthew n'avait pas dit grand-chose sur l'organisation de leur mariage ou le fait que Hunter ait pris les choses en main.

— Ça ne me fait vraiment rien.

— Mais tu as dit que tu voulais un grand mariage, insista Caroline.

— C'est vrai.

— Mais...

— Je veux un grand mariage, mais peu m'importe qui l'organise. J'aurais pu demander à Cookie de me laisser organiser le mariage, mais honnêtement, je n'avais pas vraiment envie de faire tout le travail. Je suis vraiment content qu'il puisse organiser le mariage qu'il a toujours désiré.

— Il me rend folle.

Wolf sourit et attira Caroline plus près de lui. Ils étaient allongés sur leur grand lit après avoir fait l'amour. Elle était lovée contre lui, une jambe passée par-dessus ses cuisses, et la tête posée sur son épaule. Elle avait replié un bras contre elle et passé l'autre en travers de sa poitrine afin de pouvoir jouer paresseusement avec le mamelon de Wolf. Il aimait ça.

— Je sais.

Elle leva la tête et regarda Matthew.

— Tu es au courant ?

— Bien sûr. Tu me dis tous les dimanches soirs à quel point tu es contente que le week-end soit terminé. Mais, Ice, tu vas être belle, le mariage sera beau, mes parents vont pleurer, tu vas pleurer, tes amies vont pleurer, on va faire la fête toute la nuit, puis je ferai l'amour à ma toute nouvelle épouse jusqu'au matin. Je crois que le fait que Cookie te rende chèvre tous les week-ends en vaudra la chandelle.

— Méchant, va ! dit Caroline en riant sans le penser une seule seconde.

Elle reposa la tête sur l'épaule de Matthew puis, changeant légèrement de sujet, elle demanda :

— As-tu une idée pour la chanson de notre danse ?

Caroline savait que Hunter était contrarié qu'elle n'ait pas encore choisi une chanson, mais elle n'était pas douée pour ce genre de choses et elle savait qu'elle voulait prendre cette décision toute seule. Au moins sur ce point, *elle* voulait choisir la chanson sur laquelle Matthew et elle danseraient pour la première fois en tant que mari et femme.

— Non.

— Non ?

— Non, peu m'importe ce que tu choisis.

— Mais c'est notre première danse.

Wolf roula jusqu'à ce que Caroline se retrouve à nouveau sous lui. Il se décala pour que ses hanches se retrouvent alignées avec les siennes. Il sentait contre lui qu'elle était toujours humide après avoir fait l'amour, et il se remit à bander. Auprès de Caroline, il se sentait comme un adolescent et pas un homme de plus de quarante ans qui n'aurait jamais dû être capable de remettre le couvert plus d'une fois par nuit.

— Quand le temps sera venu de danser ensemble pour la première fois, je n'entendrai pas la musique. Je me délecterai de te tenir enfin dans mes bras en tant qu'épouse. Tu seras ravissante dans ta robe de mariée et je serai probablement en train d'essayer de trouver la manière la plus rapide de t'en faire sortir. On va se déhancher un peu, tu me souriras et je ne serai pas capable de penser avec ma queue congestionnée, à essayer de ne pas bander devant tous nos amis. Alors non, peu m'importe la chanson que tu choisiras pour notre danse.

— Merde, souffla Caroline en sentant Matthew se durcir contre elle. D'accord.

Quand il resta immobile et ne rajouta plus rien, elle poursuivit :

— Je suis contente qu'on ait pu en parler... J'ai envie de toi.

Wolf sourit. Oui, Caroline avait envie de lui. Il sentait à quel point. Elle se décala sous lui et fit courir les mains le long de son dos jusqu'à ce qu'elle puisse empoigner ses fesses et le presser contre elle.

— Tu veux aborder un autre point de notre fête de mariage ?

— Euh ? Oh... non. Matthew... je t'en prie...

Caroline arqua le dos alors que Matthew se glissait lentement à l'intérieur de sa chaleur moite.

— On pourrait parler d'autre chose si tu veux. La nourriture ? Les décorations ? Les dragées ? la taquina Wolf alors qu'il se reculait avant de la pénétrer plus fort que la première fois.

— Non, c'est bon, je m'en occupe.

Wolf arrêta d'essayer de trouver des manières de taquiner Caroline à propos de son mariage à venir et s'efforça au contraire de lui donner du plaisir, ce qui n'était pas si difficile. Cela lui plaisait que Caroline accepte toujours de faire tout ce qu'il voulait. Elle ne lui disait jamais non et elle avait toujours l'esprit joueur. Alors il se prit au jeu avec son épouse.

4

— Alabama, je ne sais absolument pas quelle chanson choisir pour notre première danse, se plaignit Caroline à son amie. Je sais que Hunter en choisirait probablement une super, mais j'ai envie de le faire toute seule. Mais je ne sais absolument pas quoi choisir.

Caroline savait qu'elle était en train de geindre, mais elle ne parvenait pas à s'en empêcher.

— Aide-moi, Alabama ! Donne-moi des suggestions !

— D'accord, voyons... Tu pourrais choisir un classique... *Only Fools Rush In* d'Elvis ?

Caroline plissa le nez et secoua la tête.

— Je ne pense pas être capable d'arriver à me décider. Pourquoi est-ce que tu ne me listes pas les chansons qui te viennent en tête pour que je voie si l'une d'elles me parle ?

— *Amazed*, Lone Star ; *Here and Now*, Luther Vandross ; *Steady As We Go*, Dave Matthews ; *You Won't Ever Be Lonely*, Andy Griggs ; *Wonderful Tonight*, Eric Clapton ; *From This Moment*, Shania Twain ; *Your Arms Feel Like Home*, 3 Doors Down ; *Grow Old With Me*, John Lennon ; *Could I Have This Dance*, Anne Murray ; *I'll Be There For You*, Bon Jovi ; *Evergreen*, Barbara Streisand ; *Loving You Forever*, New Kids on the Block ; *Because You Loved Me*, Celine Dion ; ou alors *Everything I Do, I Do For You* de Bryan Adams.

Alabama reprit sa respiration.

— C'est désespérant, gémit Caroline. Je veux dire, elles sont toutes géniales. Elles sont vraiment romantiques et elles seraient super pour une première danse.

— Mais aucune d'elle n'est vraiment ce que tu veux, n'est-ce pas ? compatit Alabama.

— Non. Mais le truc est que je ne sais pas *ce* que je veux.

— Je crois que tu le sauras quand tu l'entendras, essaya-t-elle de la réconforter.

— Mais nous n'avons presque plus le temps. Sérieusement !

Fiona prit Caroline par les épaules et la secoua légèrement.

— Détends-toi, Caroline. Tu vas trouver, articula-t-elle.

— Tu as raison. Merde. Je veux dire... j'ai été retenue prisonnière par des terroristes, alors cela ne devrait *pas* me faire flipper, non ?

— En effet.

— Ce n'est pas très grave. Je peux juste en choisir une au hasard. Non, je demanderai à Hunter d'en choisir une pour moi. Au moins on arrêtera de me poser la question.

Caroline vit le regard que lui décocha Alabama et elle soupira.

— Non, je ne vais pas le faire. Ce n'est pas ce que je veux. Je trouverai.

— Allez. On va aller manger une glace ou quelque chose dans ce genre. Cela t'aidera à te détendre.

— Toute excuse pour manger de la glace est bonne, dit Caroline en lui souriant. Merci d'être là pour moi.

— Pas de problème, Caroline. Je ne voudrais pas être ailleurs. Viens.

* * *

Caroline tergiversait dans la cuisine, préparant une salade pour le dîner. Elle savait qu'elle devait aborder un sujet délicat avec Matthew et elle ne savait pas vraiment comment. Cela faisait un moment qu'elle y songeait et elle ne savait toujours pas comment parler à Matthew. Enfin, elle décida de se jeter à l'eau. Peut-être que s'ils étaient tous les deux occupés à faire quelque chose, ce serait plus facile.

— Matthew, j'ai besoin de te dire quelque chose à propos du mariage.

Wolf leva les yeux du steak qu'il faisait griller sur la cuisinière.

—Vas-y.

Caroline se mordit la lèvre et regarda le poivron vert qu'elle découpait. C'était maintenant ou jamais. Elle parla à toute vitesse.

— Je vais porter le badge de Hunter. Il faut un objet doré pour respecter la tradition.

Caroline sentit l'atmosphère se glacer. Elle avait su que Matthew n'apprécierait pas. Elle ne savait pas exactement pourquoi il n'aimerait pas qu'elle porte le badge de Hunter, mais elle devinait que quelque chose à ce sujet comptait beaucoup pour lui, même si elle ne savait pas quoi.

Elle poursuivit rapidement, sans regarder son compagnon :

— Je me suis dit qu'il l'a depuis longtemps et il me l'a donné, alors cela pourrait compter comme quelque chose de vieux. Je veux dire, puisqu'il me l'a donné, cela ne peut pas être emprunté, alors...

Le couteau qu'elle avait utilisé pour trancher les légumes lui fut soudain ôté des mains et elle sentit qu'on la retournait.

Wolf fit pivoter Caroline afin qu'elle lui fasse face. Il savait qu'il aurait dû le faire plus tôt, mais il n'avait pas eu envie d'aborder le sujet.

— Ice, tu sais ce que représentent nos Budweiser pour nous, n'est-ce pas ?

La voyant hocher lentement la tête, mais avec un air confus, Wolf comprit qu'elle mentait. Caroline ne savait tout simplement pas ce que ce badge signifiait pour un membre des forces spéciales. Il poursuivit :

— Je...

Les paroles de Wolf restèrent coincées dans sa gorge.

Depuis qu'il avait appris que Cookie avait donné son badge trident à Caroline quand elle était à l'hôpital, il avait été contrarié. C'est *lui* qui aurait dû lui donner son badge. Il s'était comporté comme un couillon à l'époque et avait essayé d'oublier Caroline. Abe l'avait tancé et cherché jusqu'à ce qu'il comprenne qu'il ne pourrait jamais le faire, qu'il avait besoin de Caroline dans sa vie. Mais avant qu'il ne se soit décidé, Cookie s'était lié à elle à sa manière. Cela rongeait Wolf de savoir que Caroline possédait le badge d'un autre homme.

Wolf aimait Cookie comme un membre de sa propre famille, mais cela n'empêchait pas les sentiments. Il aimait Fiona comme sa sœur et savait qu'entre elle et Cookie, c'était du sérieux et que si Caroline possédait le badge de Cookie, cela ne signifiait rien de plus qu'une relation fraternelle. Mais il détestait quand même cela. Wolf savait au plus profond de son cœur que Caroline était à lui et que Cookie le savait aussi. Mais qu'elle se considère comme sa compagne tout en gardant le badge de leur ami le dérangeait quand même.

Ce n'était pas rationnel, mais c'était comme ça. Wolf s'éclaircit la gorge et essaya de continuer, tentant de communiquer ses sentiments à Caroline sans passer pour un jaloux :

— J'ai merdé, ce jour-là.

Quand Caroline secoua la tête, il posa l'index sur ses lèvres.

— S'il te plaît, laisse-moi finir.

Elle hocha la tête et Wolf poursuivit :

— J'ai merdé. J'ai décidé que tu étais mieux sans moi, et mon ami et coéquipier a fait ce que j'aurais dû faire. Je sais que tu m'appartiens, je sais que tu m'aimes, mais ça me ronge que tu possèdes *son* badge.

Wolf aurait eu envie d'en dire tellement plus, mais il ne savait pas par où commencer ni comment s'exprimer. Il posa une main derrière le cou de Caroline et une autre autour de sa taille. L'attirant dans ses bras, il plaqua son front contre le sien.

— Je t'aime, Ice. Ça me terrifie, à quel point tu me rends vulnérable. Émotionnellement et physiquement. Il suffirait qu'une personne te menace, et je sais que je poserais toutes les armes que je possède et les prierais de s'en prendre à moi et pas à toi.

— Matthew...

— Chut, laisse-moi m'exprimer. S'il te plaît.

La voyant hocher la tête, il reprit :

— Notre Budweiser est une chose très importante pour tous les soldats d'élite. On se casse le cul pour obtenir ce badge et quand on le reçoit, c'est une validation de tout notre travail, mais aussi la confirmation que nous faisons partie de la fraternité des soldats d'élite. Tu connais la devise : « Un SEAL n'abandonne jamais un autre SEAL. »

Caroline acquiesça de nouveau.

— Je sais que je t'ai abandonnée et ça me ronge. J'essaye de trouver comment t'expliquer pour que tu comprennes. Je sais qu'en surface, on dirait que je suis simplement un homme des cavernes et que je suis jaloux. Je ne vais pas te mentir, ça entre en ligne de compte, mais c'est bien plus que ça. Le fait que tu possèdes le badge de Cookie est comme si je portais l'anneau qu'une autre femme m'aurait donné sur une chaîne autour de mon cou.

Quand Caroline prit une inspiration soudaine, Wolf serra les doigts puis les détendit immédiatement. Il ne voulait pas lui faire du mal, mais il devait lui faire comprendre.

— Certes, personne ne le verrait, mais *tu* saurais qu'il est là. Même s'il avait été offert par amitié et que cela ne signifiait que de l'amitié, tu saurais quand même qu'il est là.

— Je comprends, Matthew. Vraiment. Je le rendrai à Hunter demain.

— Non. Je ne veux pas que tu le fasses.

Lisant la confusion sur le visage de Caroline, Wolf soupira et fit un pas en arrière. Il se pencha et éteignit la cuisinière. Si les steaks étaient gâchés, peu importait. Il prit la main de sa compagne et la guida vers le canapé. Le dialogue était plus facile quand ils étaient dans les bras l'un de l'autre.

Wolf s'assit et attendit que Caroline s'installe à côté de lui et se tourne contre lui. Il enroula son bras autour de ses épaules et fit courir sa main libre à travers ses cheveux.

— Je ne veux pas que tu le lui rendes. Ça lui ferait de la peine. Il te l'a donné parce que ça signifie quelque chose. Vous deux avez vécu quelque chose d'assez émotionnel dans l'eau. Et par conséquent, vous avez une connexion. Je serais un connard si j'essayais de vous le retirer, à l'un comme à l'autre. Je vais te le dire tout de suite, Caroline. Je veux que tu portes mon badge pour notre mariage. Je veux te le donner pour que tu le gardes près de ton cœur.

— Pourquoi ne me l'as-tu pas dit avant ?

— Parce que ça me fait passer pour un connard.

— Non, pas du tout.

— Eh bien, alors ça me donne *l'impression* d'être un connard. Comme si j'étais en compétition avec mon ami alors que non. Je ne parviens pas à l'expliquer, mais c'est comme d'enfiler mon anneau autour de ton doigt. Ce badge est la chose la plus importante pour moi. Être un soldat d'élite fait partie de moi, et te donner ce badge est comme te donner une part de ce que je suis.

— Je ne porterai pas le badge de Hunter.

Wolf soupira.

— Je te remercie, ma puce.

— Je savais que tu n'étais pas emballé que je le possède, mais je n'avais pas compris pour quelle raison. J'aurais préféré que tu m'en aies parlé plus tôt. Je n'aime pas que tu ressentes ça et que tu ne me laisses pas t'aider.

— Je sais, j'aurais dû. Mais plus le temps a passé, plus ça a été difficile d'aborder le sujet. Ce n'était pas comme si je pouvais t'en parler comme ça. Je t'aime, Ice. Je serais honoré si tu voulais bien porter mon Trident le jour de notre mariage en tant qu'objet ancien.

— Je vais le faire, Matthew. Je le promets.

— Tu as faim ?

Caroline rit.

— Oh oui.

— Très bien, alors lève-toi. On va manger.

Wolf savait qu'il s'en était bien sorti, mais c'était Caroline tout craché. Elle ne l'aurait jamais laissé se vautrer dans sa jalousie ou sa culpabilité. Elle l'avait écouté, avait compris ce qu'il ressentait et avait immédiatement cédé. Sans drame. C'était l'une des millions de raisons pour laquelle il l'aimait.

5

— Tout semble en place, Ice.

Caroline adressa un mouvement du menton à Hunter. Ils avaient tous les deux travaillé dur durant le mois précédent afin de s'assurer que le mariage soit planifié et mis en place. Certes, c'était Hunter qui avait effectué la majeure partie du boulot, mais il avait demandé à Caroline de valider la plupart des arrangements. Caroline n'avait pleuré qu'une seule fois quand ils avaient décidé qui lui ferait descendre l'allée. Son père n'était plus là pour le faire, et cela l'avait vraiment touché qu'il ne puisse jamais voir sa petite fille épouser l'amour de sa vie. Ils décidèrent finalement qu'elle descendrait l'allée toute seule. Caroline n'y voyait pas d'inconvénient ; elle avait été indépendante pendant longtemps.

— Il nous reste seulement à décider de la chanson de la première danse et des arrangements de la journée.

Cookie regarda Caroline dans l'expectative. Cela faisait un mois qu'il la pressait de trouver une chanson sur laquelle danser, et elle n'avait pas encore pris sa décision. C'était devenu une sorte de blague entre eux.

— Hunter, je trouverai la chanson quand le temps sera venu ; ne t'inquiète pas.

Elle essayait de rassurer Hunter, mais la vérité était que cette première danse la rendait super nerveuse, et elle ne voulait pas qu'il continue à lui rebattre les oreilles avec ça.

— Mais si le DJ n'a pas la chanson dans sa play-list ? Il faut que tu le lui dises avant la réception pour qu'il soit sûr qu'il l'ait.

— J'ai dit que je trouverai.

La voix de Caroline trahissait son irritation. Elle perdait rapidement patience.

Sachant qu'il marchait sur des œufs, Cookie changea de sujet :

— Bon, alors parlons de la journée. Alabama, Fiona et toi viendrez ici à l'église pour vous préparer. C'est bon ?

Caroline hocha la tête, se détendant à présent

que Hunter avait changé de sujet. Elle adorait l'église qu'ils avaient choisie. Elle n'était pas terriblement religieuse, mais l'idée de se marier dans la maison de Dieu lui plaisait. Matthew n'avait pas de paroisse de prédilection et lui avait dit qu'il se marierait dans n'importe quelle église de son choix, tant qu'ils se mariaient.

Caroline et Hunter avaient considéré plusieurs établissements religieux de Riverton avant de se décider. L'église qu'ils avaient choisie présentait une porte rouge vif et c'est ce qui avait conclu l'affaire aux yeux de Caroline. Il y avait quelque chose dans un bâtiment religieux qui avait le courage d'arborer une porte rouge vif qui lui donnait l'impression de lui convenir. Sachant qu'il n'était pas commun de permettre à des inconnus de se marier dans une église choisie au petit bonheur, Caroline et Matthew avaient rencontré la pasteure et celle-ci avait accepté de les unir.

Cookie continua à décrire son emploi du temps pour le mariage de Caroline :

— Alors pendant que vous les filles, vous vous préparez à l'église, Wolf et le reste d'entre nous nous retrouverons chez lui. Puis on prendra la limousine...

Caroline leva les yeux au ciel. Elle avait toujours

du mal à croire que ces soldats d'élite impressionnants allaient louer une limousine. Cela semblait tellement normal, mais pour son homme et son équipe, ça ne l'était pas !

— ... et on arrivera à l'église environ trente minutes avant le mariage. Je ne veux pas risquer que Wolf te voie dans ta robe avant la cérémonie. Ça porte malheur, tu sais.

Une autre chose qui portait traditionnellement malheur, mais à laquelle Caroline avait refusé de se soumettre était de passer la veille de son mariage séparée de Matthew. Elle avait déclaré que c'était une tradition stupide et avait dit à Hunter qu'elle n'y était pas contrainte la veille de son propre mariage. Heureusement, il avait cédé sans faire d'histoires, mais il avait insisté pour que Matthew ne la voie pas dans sa robe avant la cérémonie. Caroline avait cédé sur ce point ; tant qu'elle n'avait pas à passer une nuit sans Matthew quand il était sur le sol américain, elle acceptait l'autre tradition.

— On prendra toutes les photos après le mariage pendant que les invités se rendront à la réception. Ils auront tous les hors-d'œuvre qu'ils veulent en nous attendant. Sans parler d'un bar ouvert. Toi et Wolf prendrez la limousine jusqu'à la réception et le reste d'entre nous suivra dans les voitures.

— Comment vos voitures se retrouveront-elles à l'église ? demanda Caroline qui connaissait la réponse, mais voulait que Hunter le lui explique.

— On les y garera la veille pour qu'on n'ait plus qu'à les prendre.

Caroline sourit. Hunter était tellement drôle. Il n'avait pas compris qu'elle était simplement en train de le taquiner.

— Alors après la réception, toi et Wolf partirez en lune de miel.

— Oui, je sais. Comment suis-je censée faire mes bagages si je ne sais pas où l'on va ?

Matthew avait refusé de lui dire où il l'emmenait. Caroline espérait que ce soit une plage chaude, Maui par exemple, mais même après une nuit d'ébats particulièrement énergiques, il avait tout de même refusé de le lui dire.

— Fiona fera tes bagages à ta place.

Caroline grogna. Elle avait été certaine qu'elle pourrait utiliser l'excuse de devoir faire ses valises pour forcer quelqu'un à lui dire où ils allaient.

— Le commandant lui a donné une semaine de congé, n'est-ce pas ?

Caroline voulait s'assurer qu'elle et Matthew seraient capables de partir sans s'inquiéter de devoir revenir en urgence au cas où il se passerait quelque chose.

— Oui, le commandant Hurt sait que Wolf se marie. Il a accepté que le reste d'entre nous aussi puisse avoir une semaine de congé. Je vais avoir une deuxième lune de miel avec Fiona et Abe fera la même chose avec Alabama. Je crois que Mozart va se rendre à Big Bear Lake, et qui sait ce que les autres feront ? Ce qui importe est que tu n'aies pas à t'inquiéter d'être interrompue ; vous et Wolf aurez toute la semaine pour vous.

Caroline sourit. Dieu merci.

Sachant que Hunter était de bonne humeur, Caroline décida que le moment était bien venu d'aborder la question de son badge Budweiser. Si cela signifiait autant pour Matthew, elle devait en discuter avec Hunter.

— Hunter, j'ai envie de te parler de quelque chose.

— D'accord, vas-y, Ice.

— C'est à propos du badge SEAL que tu m'as donné.

Cookie braqua toute ton attention sur Caroline.

— Continue.

— Tu sais que cela compte beaucoup pour moi...

C'est tout ce qu'elle réussit à dire avant que Hunter ne l'interrompe :

— Wolf t'en a enfin parlé ?

Caroline coula un regard en coin à Hunter.

— Ouais.

Elle allongea le mot, se demanda à quoi pensait son ami.

Cookie se pencha vers elle et prit les deux mains de Caroline dans les siennes.

— Je savais que cela allait arriver tôt ou tard. Ice, Wolf n'a jamais apprécié que tu possèdes mon badge. Il m'a même ordonné de le reprendre, mais j'ai refusé.

— Je ne comprends pas.

— Ice, toi et moi avons vécu quelque chose que je n'oublierai jamais de toute ma vie. Je suis un soldat d'élite de la marine américaine, habitué au combat, mais je n'ai jamais été aussi touché que lorsque j'étais dans l'eau avec toi. Tu n'as pas pani-qué, tu es restée forte et ta première pensée quand tu es sortie de l'océan a été pour Wolf.

Caroline hocha la tête, attendant que Hunter aille droit au but.

— Je t'ai donné mon badge parce que tu as prouvé ta valeur à moi et au reste de l'équipe. Tu l'as mérité et j'étais heureux de te donner quelque chose qui comptait autant pour moi.

— Mais ?

Caroline voyait bien que Hunter avait quelque chose à dire.

— Mais maintenant, vous vous mariez. Wolf est ton homme et il n'est pas content que tu aies mon badge.

Caroline avait compris.

— Je vais te dire, Hunter. Sans vouloir être mesquine, Matthew n'a pas son mot à dire à ce sujet.

Elle leva la main quand elle eut l'impression que Hunter avait envie d'ajouter autre chose.

— J'aime mon homme plus que tout, mais je ne pense pas qu'il ait le droit de te dire de me reprendre ton badge ou bien à moi de te le rendre. Mais quoi qu'il en soit, je crois que j'ai besoin de te le rendre.

Cookie ne dit rien, continuant à la regarder.

— Je n'avais pas compris ce que cela signifiait ni l'importance que cela avait pour les soldats d'élite. Mais à présent que je sais...

Caroline inspira en sifflant.

— Je ne sais pas vraiment comment te le dire. Et je sais que cela va sonner faux.

— C'est bon, Ice, la rassura Cookie.

— Alors voilà. Tu as ta propre femme à présent.

Même si je sais que Fiona ne comprend pas vraiment le coup du badge non plus, à présent que moi je sais, ça me met mal à l'aise que ce soit moi qui l'aie et non elle. Est-ce que tu comprends ?

Cookie tendit les bras pour étreindre Caroline.

— Je comprends.

Il avait parlé doucement, mais avec une émotion sincère.

— Je n'ai pas besoin de ton badge pour savoir ce que tu ressens pour moi, Hunter. Tu occuperas toujours une place de choix dans mon cœur. On n'a pas besoin de se donner des accessoires pour solidifier ça.

Caroline s'interrompit avant d'ajouter, pour détendre l'atmosphère :

— À moins que tu ne veuilles m'offrir un bracelet d'amitié ou un truc dans le genre.

Ses paroles remplirent leur objectif et détendirent l'atmosphère.

Cookie se recula, embrassa Caroline sur le front et s'écarta d'elle.

— Pas besoin de s'échanger de bijoux.

Caroline sourit à Hunter.

— Merci de ta compréhension. Parleras-tu à Fiona pour le lui expliquer ? Je ne peux pas... Je ne veux pas qu'elle...

— Je le lui expliquerai.

Caroline poussa un soupir de soulagement. Hunter comprenait ses craintes sans qu'elle ait besoin de les exprimer à haute voix. Elle ne voulait pas perdre son amitié avec Fiona après tout ce qu'elles avaient vécu ensemble, particulièrement après quelque chose qui ne signifiait rien pour elle, du moins, pas *comme ça.*

— Je te rendrai ton badge la prochaine fois qu'on se verra.

— C'est-à-dire demain. Il faut toujours qu'on décide des dragées.

Caroline leva les yeux au ciel.

— Super.

— Et fais-moi plaisir : essaye de trouver cette première chanson ce soir, d'accord ?

Caroline se mordilla la lèvre.

— D'accord.

Ils savaient tous les deux que cela n'allait pas arriver, mais heureusement, Hunter n'insista pas.

6

Une fois que l'histoire du badge Budweiser fut réglée, les semaines suivantes passèrent rapidement pour Caroline. Hunter s'était occupé du reste des plans pour le mariage et le jour était enfin venu. Caroline était plus que reconnaissante pour le travail acharné que Hunter avait abattu pour elle et Matthew. Elle savait qu'elle n'aurait jamais eu la patience de faire de son mariage la journée magnifique qu'elle allait être grâce à Hunter.

À présent, Caroline se tenait au sous-sol de l'église, s'apprêtant avec deux des femmes les plus fantastiques qu'elle avait eu la chance de rencontrer pour épouser l'amour de sa vie.

— Tourne-toi, Caroline, je vais te lacer, lui ordonna Fiona.

Caroline leva le corsage de sa robe de mariée et tourna le dos à son amie.

— Je vous remercie d'être avec moi aujourd'hui.

— On n'aurait raté ça pour rien au monde, lui dit sérieusement Alabama.

— Je sais qu'on ne se connaît pas depuis longtemps, mais vous êtes les meilleures amies que j'ai jamais eues et je suis contente qu'on s'entende aussi bien.

Caroline savait qu'elle rougissait, mais elle ne pouvait pas s'en empêcher.

— J'espère simplement que quand le reste des garçons trouveront une femme avec qui rester, ce ne sera pas une garce. Je veux dire, les filles avec lesquelles ils sont sortis ont été horribles. Vous vous imaginez essayer de nous entendre avec elles pour le reste de notre vie ?

— Arrête, Caroline, sérieusement, tu me fais complètement flipper, lui dit Fiona en serrant fort un des lacets sur lesquels elle s'affairait.

— Est-ce qu'on peut arrêter de parler de garces et se dire plutôt que ce mariage va être génial ? demanda Alabama d'un ton neutre.

— Fiona, je jure devant Dieu que tu as pris la bonne décision en partant en secret à Las Vegas pour te marier, dit sérieusement Caroline à son amie. Certes, j'aime ton homme comme un frère, mais il m'a bien tapé sur les nerfs pendant deux mois.

Fiona pouffa en faisant un grand nœud avec les rubans de la robe de Caroline.

— Je sais. C'est la façon dont il a abordé notre propre mariage qui a solidifié ma décision d'aller nous marier à Las Vegas.

Elle se tourna vers Caroline en poursuivant :

— Mais, Caroline, je te serai toujours reconnaissante de lui donner ça. Si j'avais su à quel point il souhaitait réellement toute cette histoire, j'aurais pris mon mal en patience et je le lui aurais donné, mais ça m'aurait mise mal à l'aise.

Sans hésiter, Caroline se pencha et prit Fiona dans ses bras.

— Eh bien, je suis contente que tu n'y aies pas été obligée. J'avais besoin d'aide, et Dieu sait qu'aucune de nous n'aurait été capable de se débrouiller aussi bien que lui.

Elle n'avait pas dit cela pour être méchante, simplement pour être honnête.

— Non, vraiment, lui fit écho Alabama. Sérieusement, je ne sais pas comment des femmes comme nous peuvent être aussi ignorantes en ce qui concerne les arts féminins.

Les trois femmes éclatèrent de rire.

— Mais regardez-nous maintenant, dit sérieusement Caroline. Vous êtes absolument radieuses, toutes les deux. Ces robes sont vraiment géniales. Hunter sait ce qui met les femmes en valeur. Le lilas vous va bien à toutes les deux. Et il a aussi choisi des robes qui sont super sexy sans être vulgaires. C'est plutôt impressionnant, d'ailleurs. Venez, les filles, on va prendre un selfie !

Les trois femmes se rapprochèrent et Caroline tendit le bras pour prendre une photo avec son téléphone portable. Alabama arracha le téléphone de la main de son amie et commença à appuyer sur des boutons.

— Qu'est-ce que tu fais ? demanda Caroline.

— Je l'envoie à Christopher. Tu ne penses pas être la seule à t'envoyer en l'air ce soir ?

— Oh, tu es coquine… Ça me plaît ! dit Fiona avant d'arracher le téléphone de la main d'Alabama. Donne-moi ça ! Je vais en envoyer une à Hunter aussi.

— Vous êtes folles. Ce n'est pas comme si vous alliez être en rade ce soir. Si vos hommes sont comme Matthew, vous devez le faire tous les soirs.

Voyant ses deux amies rougir, Caroline éclata de rire.

— Allons, il faut qu'on finisse. Les garçons seront bientôt là. Je sais que Hunter les contraint à un emploi du temps précis. J'ai hâte de voir la tête de Matthew quand je descendrai l'allée centrale.

* * *

Wolf grogna et tirailla sur son nœud papillon. Les médailles sur sa poche frontale tintèrent quand il enfila d'un coup d'épaule la veste blanche à manches longues de son uniforme. L'uniforme de parade de la marine n'avait jamais paru aussi contraignant. Wolf regarda le reste de l'équipe, vêtu pareillement, finir de s'habiller aussi. Le moment était presque venu, comme Cookie ne cessait de le leur rappeler.

Son pote avait été un vrai casse-couille, mais Wolf était reconnaissant de sa présence. Il les avait bien dirigés et s'était occupé de tous les préparatifs. Wolf se rappela que Caroline s'était moquée d'eux parce qu'ils allaient prendre une limousine pour venir à l'église, et il se souvint d'avoir convenu que c'était ridicule, mais à présent, il était content.

Il n'aurait jamais été capable de conduire, du moins pas en toute sécurité. Ses mains tremblaient, bon sang ! Il avait hâte de faire de Caroline son épouse. Elle était déjà à lui, mais il avait hâte que le moment vienne de lui glisser la bague au doigt.

— Tu es prêt à y aller, mon pote ?

Les mots étaient venus d'Abe, mais Wolf répondit en se tournant vers Cookie.

— Est-ce que la limousine est déjà arrivée ?

— Calme-toi, Wolf. Sérieusement. On n'est pas en retard. C'est moi qui suis censé paniquer, pas toi.

— Cookie, j'ai laissé ma femme dans mon lit ce matin, alanguie et comblée. La dernière chose qu'elle a dite avant que je parte pour l'entraînement a été : « on se retrouve devant l'autel ». Alors excuse-moi si j'ai envie qu'on se grouille d'aller à cette église pour que je puisse la prendre pour épouse.

Wolf vit ses cinq coéquipiers jeter la tête en arrière et se moquer de lui. Il les fusilla du regard. Il se vengerait, un jour.

— D'accord, désolé, Wolf. Oui, la limousine est là. Elle est dehors. Mais on ne peut pas partir trop tôt, sans quoi on risque de croiser les filles. Et puis tu n'as vraiment pas envie de rester planté devant l'autel pendant trop longtemps, et si on arrive trop tôt, c'est ce qui se passera.

Wolf fit courir sa main sur sa tête, à travers ses cheveux courts.

— Répète-moi pourquoi on a voulu un grand mariage, Cookie...

Cookie s'approcha de Wolf et posa une main sur l'épaule de son ami.

— Parce qu'à l'instant où tu verras ta femme s'avancer vers toi, un sourire aux lèvres, rayonnante parce qu'elle est tellement contente de se lier à toi, c'est là que tu réaliseras que tout le stress et toutes les bêtises que tu as dû gérer au cours des deux derniers mois en valaient complètement le coup.

— Je suis désolé que tu n'aies pas pu vivre cela, dit Wolf à Cookie d'un ton sérieux.

— Oh, si, Wolf. Je n'ai peut-être pas eu l'église, la robe et tout ce qu'implique un grand mariage, mais Fiona a quand même descendu l'allée vers moi, elle m'a souri et elle était vraiment rayonnante parce qu'elle était heureuse de s'unir à moi.

— Merde...

Wolf ne savait pas quoi dire d'autre. Les militaires n'avaient pas la réputation d'être les hommes les plus romantiques de la planète, et particulièrement pas les soldats d'élite. Mais il était évident que Cookie avait accepté à cent pour cent la façon dont son propre mariage s'était déroulé. Lui et Fiona avaient connu l'enfer, et leur mariage leur avait parfaitement convenu à tous les deux.

— Bon, assez de sentimentalité. À l'attaque.

C'était Dude qui venait de parler. Il était plus brusque que les autres. Il était évident qu'il en avait marre de cette discussion sirupeuse et était prêt à partir.

Wolf en convint volontiers.

— D'accord, on y va.

Les six hommes sortirent de la maison de Wolf et se dirigèrent vers la limousine. Abe et Cookie baissèrent les yeux quand ils entendirent qu'ils avaient reçu un texto.

— Oh, bon sang, attends de voir Ice, Wolf. Elle est superbe.

Abe se vantait d'avoir reçu une photographie dans le texto d'Alabama, alors que Wolf n'avait pas le droit de voir sa fiancée avant la cérémonie.

Caroline était assise sur sa chaise et ne pouvait empêcher sa jambe de tressauter nerveusement. Cela faisait dix minutes que la cérémonie aurait dû commencer et les garçons n'étaient pas encore arrivés. Elle serrait son portable dans ses mains et priait pour qu'il sonne.

Fiona et Alabama étaient assises chacune sur leur chaise, regardant leur propre téléphone.

— Je suis certaine qu'ils vont bien, dit nerveusement Alabama.

— Ouais, ils sont juste en retard, en convint Fiona.

Caroline inspira profondément.

— Il s'est passé quelque chose.

— Tu n'en sais rien, dit Fiona d'une voix guère convaincante.

— Je le *sais*, contra Caroline. Vous les connaissez. Bon sang, Fiona, tu connais Hunter ; il avait tout planifié à la seconde près. Impossible qu'il soit simplement en retard. Il s'est passé quelque chose.

— Matthew va arriver, dit Alabama à son amie pour la rassurer.

Caroline ne parvint pas à rester en place plus longtemps. Elle envoya valdinguer ses talons hauts qui lui faisaient mal – elle ne savait pas pourquoi elle avait laissé Hunter la convaincre de les porter – et elle se mit à arpenter la pièce.

— Matthew n'est pas en train de me poser un lapin. Je sais que non. Non, il m'a fait l'amour si correctement ce matin avant de partir que je le sens encore. Il m'a dit qu'il avait toujours rêvé de coucher avec sa copine et sa femme le même jour.

Caroline ignora le son étranglé qu'émit Fiona en essayant d'étouffer son hilarité, et elle poursuivit sa tirade.

— C'est pour ça qu'il s'est passé quelque chose. Il ne m'abandonnerait pas à l'autel. Il sait le mal que cela me ferait et il ne me ferait jamais le moindre mal. Alors il faut qu'on découvre ce qui se passe. Et vite.

En prononçant ce dernier mot, Caroline se tourna et fusilla du regard ses demoiselles d'honneur. Ce n'était pas leur faute, et mince, leurs hommes à elles aussi étaient en retard, mais elle ne pouvait pas se retirer de la tête qu'il leur était arrivé quelque chose de terrible. Elle détestait l'intuition qu'elle ressentait. C'était pire que lorsqu'ils étaient en mission, parce que cela se passait *ici*. Aux États-Unis. Dans leur ville. Alors qu'ils étaient censés être là, pour le jour le plus important de sa vie.

Le téléphone d'Alabama sonna. Les trois femmes le regardèrent un instant jusqu'à ce que Caroline s'écrie d'une voix aiguë :

— Réponds !

— Allô ?

La voix d'Alabama était basse et elle tremblait légèrement d'anxiété.

— Oh, mon Dieu ! D'accord. Mais est-ce qu'il va bien ? Oui, d'accord. Où ? Très bien. Je m'en occupe.

La voix d'Alabama s'adoucit et elle inspira profondément.

— Oui, je l'ai fait. D'accord, merci Christopher. On sera là dès que possible. Je t'aime aussi. À tout à l'heure.

— Quoi ? demanda Caroline dès qu'Alabama eut éteint son portable. Oh, mon Dieu, quoi ?

Au lieu de se diriger vers Caroline, comme celle-ci et Fiona pensaient qu'elle allait faire, Alabama se dirigea vers Fiona. Elle plaça les mains sur ses épaules et dit d'un ton égal :

— Il y a eu un accident. Hunter est blessé, mais il va s'en remettre.

— Quoi ? grogna Fiona. Hunter ?

Oubliant qu'elle était censée se marier, oubliant qu'elle portait une jolie robe de mariée, oubliant tout sauf son amie, qui semblait sur le point de s'évanouir, Caroline traversa rapidement la pièce et passa les bras autour de Fiona. Elle arriva à côté d'elle juste à temps pour l'aider à s'asseoir par terre quand ses jambes cédèrent sous elle.

— Parle-nous, Alabama. Qu'a dit Christopher ?

Caroline conserva une voix modulée et égale, même si chaque partie de son corps avait envie de pousser des cris et de céder à l'hystérie. Elle prit Fiona dans ses bras alors qu'elles restaient agenouillées sur le sol, et elles écoutèrent Alabama.

— Christopher a dit qu'ils étaient dans la limousine et qu'une voiture a grillé un feu rouge. Elle a embouti la limousine du côté où Hunter était assis. Ils ont tous des éraflures et des petites blessures à cause du verre brisé, mais Hunter était inconscient. On l'a emmené aux urgences de l'hôpital de Riverton, par mesure de prudence. Ils sont tous là-bas avec lui.

Caroline se pencha en avant et regarda Fiona dans les yeux.

— Tu vois ? Il va bien, Fiona. Tu m'entends ? Il va bien.

Fiona ne put que hocher la tête, mais elle posa brièvement la tête contre le cou de Caroline. Celle-ci sentait le souffle chaud de Fiona contre sa peau alors qu'elle faisait de son mieux pour se reprendre.

— Alabama, peux-tu aller parler à la pasteure, lui expliquer ce qui se passe et lui demander si elle peut informer les invités ? Et je m'en veux de te demander ça, mais pourrais-tu également informer les parents de Matthew ? Je sais qu'ils doivent s'inquiéter de ce qui est en train de se passer. Dis-leur simplement que je les appellerai plus tard et que

Matthew va bien. Et dis aussi à la pasteure que j'aimerais lui parler une fois qu'elle aura prévenu tout le monde. Alors on pourra partir et aller retrouver nos hommes.

— Mais ton mariage...

— Peu importe, l'interrompit Caroline. Ça peut attendre. Rien n'est plus important que de s'assurer que Hunter et les autres vont bien.

Alabama scruta son amie, essayant de voir si elle simulait et était bien plus contrariée qu'elle le laissait présager. Mais ne décelant dans les yeux de Caroline que de l'inquiétude pour Fiona, Alabama finit agiter la tête, tourna les talons et quitta la pièce.

Caroline plaça la main sur l'arrière de la tête de Fiona.

— Christopher ne nous mentirait pas, Fiona. S'il dit que Hunter va bien, il va bien.

Fiona inspira profondément et leva son visage.

— Je sais. C'est simplement que... je ne sais pas ce que je ferais sans lui.

— Je sais. Sérieusement, je *sais*.

Les femmes se regardèrent dans les yeux et la sincérité et la camaraderie qu'elle lut dans les yeux de Caroline la renforcèrent.

Fiona se redressa difficilement avec l'aide de son amie.

— Et ton mariage...

— Comme je l'ai dit à Alabama, on s'en fiche. Il faut qu'on aille à l'hôpital.

— Est-ce qu'on se change ?

— Non, pas le temps. Mais on a besoin de mettre de vraies chaussures. Prends tes baskets et je vais aller chercher mes tongs. On n'arrivera pas à marcher avec ces talons. Je vais aussi chercher les chaussures d'Alabama. Prends nos sacs.

Caroline se tourna quand la pasteure entra, accompagnée d'Alabama.

— Je suis vraiment désolée, Caroline. J'ai informé tout le monde de ce qui s'est passé. Ils sont tous très inquiets pour Matthew et les autres, mais Alabama a dit qu'ils vont s'en remettre, n'est-ce pas ?

Voyant Caroline hocher la tête, la pasteure poursuivit :

— Alabama a dit que vous vouliez me parler ?

— Oui, s'il vous plaît. Alabama, tu as bien les clés de voiture de Christopher ?

Quand celle-ci hocha la tête, Caroline lui dit :

— Alors emmène Fiona à la voiture. Je vous rejoins dans une minute.

Sans un mot, les deux femmes prirent leurs sacs et quittèrent la pièce. Caroline se tourna alors vers la pasteure pour lui demander une immense faveur.

. . .

Quelques instants plus tard, Caroline fila vers la voiture de Christopher, retroussant l'ourlet de sa robe de mariée afin qu'il ne traîne pas par terre, ses sandales claquant contre le trottoir au rythme de son pas rapide. Une fois qu'elle arriva à la voiture, Alabama et Fiona haussèrent les sourcils, mais elles ne dirent pas un mot. Caroline ignora les regards inquiets des invités qui quittaient à présent l'église, et elle s'installa sur la banquette arrière. Elle prit un instant pour se pencher en avant et poser une main sur l'épaule de Fiona qu'elle pressa d'un geste rassurant.

— Allons-y, Alabama. Nos hommes ont besoin de nous.

7

Wolf était assis dans la salle d'attente, la tête entre les mains. Il baissa les yeux vers son uniforme qui était éclaboussé de sang. C'était la première fois qu'il s'était véritablement assis pour prendre le temps de réfléchir. L'heure qui venait de s'écouler avait été horrifiante, mais son entraînement militaire avait pris le dessus et il avait agi en pilotage automatique.

Il remarqua brièvement que ses mains tremblaient. Un instant, l'équipe de Wolf échangeait des plaisanteries, et le suivant, ils avaient été projetés à l'arrière de la limousine comme s'ils étaient des grains de maïs dans un sac de pop-corn. Une fois que le verre était retombé, Wolf avait levé les yeux et avait vu ses amis, sonnés, qui se rasseyaient aussi, à l'exception de Cookie.

Wolf n'oublierait jamais la vue de son ami allongé immobile sur le plancher de la limousine. Le côté de la voiture où il avait été assis était défoncé et tout était recouvert de verre, y compris Cookie.

Wolf avait déjà vu des cadavres. Bon sang, il avait vu bien trop de cadavres, mais la plupart du temps, ils n'avaient rien *signifié* pour lui. Mais la vue de Cookie étendu inanimé, couvert de sang, signifiait quelque chose pour lui. Il s'était immédiatement agenouillé dans cette épave de métal et avait poussé un soupir de soulagement en sentant le pouls de Cookie.

Ils s'étaient rapidement extraits du métal contorsionné, étaient passés voir les conducteurs de la limousine et de la voiture qui les avait emboutis, et ils avaient attendu que les secours arrivent. Cela n'avait pas traîné. Un passant avant appelé les urgences et les sirènes s'étaient vite fait entendre.

Wolf et Dude étaient restés dans l'ambulance avec Cookie et la police avait emmené les autres à l'hôpital. Ils avaient tous refusé d'être traités sur les lieux, sachant qu'ils étaient secoués mais pas sérieusement blessés. Cependant, Cookie était toujours inconscient quand on l'avait fait monter dans l'ambulance en route vers l'hôpital.

— J'ai appelé Alabama, souffla Abe à Wolf qui leva la tête vers son ami.

— Merde.

Wolf savait qu'il avait merdé. Il aurait déjà dû appeler Caroline depuis longtemps.

— Quelle heure est-il ?

— Calme-toi, Wolf, c'est bon. Les filles sont en route.

— Merde, répéta Wolf.

Il avait raté son propre mariage. Caroline serait déçue. Elle et Cookie avaient planifié cette journée pendant des mois.

— N'y pense pas, Wolf, lui conseilla Dude en se laissant tomber sur le siège à côté de son ami. Ice va bien le prendre.

La déception qui lui serrait la gorge empêchait Wolf de s'exprimer. Il ne s'inquiétait pas que Caroline soit contrariée à propos de son mariage. Il savait qu'elle le prendrait bien. Mais *lui* avait attendu ce jour avec impatience. Cela faisait tellement longtemps qu'il avait envie de s'unir à Caroline, et à présent, il faudrait encore repousser la chose. Il répondit enfin à Dude d'un ton laconique :

— Je sais.

— Tu es déçu, dit soudain Mozart depuis l'autre côté de la pièce.

Wolf ne répondit rien. Même s'il ne voulait pas l'admettre, il ne pouvait pas y faire grand-chose pour l'instant.

Benny se redressa et arpenta la petite pièce.

— On peut peut-être encore y arriver. Mozart, appelle le commandant et demande-lui de venir avec une voiture. On ira à l'église et...

— C'est bon, Benny, dit Wolf avait détermination. Il faut qu'on reste ici pour Cookie. Caroline et moi, on va quand même se marier, n'en doute pas ; mais simplement pas aujourd'hui.

Les hommes devinrent silencieux. Ils n'auraient rien pu dire à leur leader pour l'aider à accepter le fait qu'il venait de rater son mariage.

Les autres occupants de la salle d'attente demeuraient à bonne distance des soldats. C'étaient tous des hommes immenses et ils étaient couverts de sang. Ils ne parviendraient pas à récupérer leurs uniformes de parade blancs et il faudrait les jeter. Les éclats de verre et le fait qu'ils se soient occupés de Cookie sur la scène de l'accident avaient détruit toute chance de sauver leurs uniformes.

L'équipe était agitée et ils arpentaient la pièce chacun leur tour. Ils avaient la mâchoire crispée et une aura de danger émanait de leur coin de la salle d'attente.

— Quand est-ce qu'on aura des nouvelles ? Pourquoi est-ce que ça prend autant de temps ? se plaignit Benny à la cantonade.

— Ils attendent Fiona. Ils ne veulent pas nous parler parce qu'on n'est pas de la famille, expliqua Dude.

— Comme si on n'était pas de la famille ! s'exclama Benny, exprimant ce qu'ils pensaient tous.

— Tu sais ce que je veux dire.

Dude essaya à nouveau de calmer Benny.

— C'est nul.

Wolf laissa échapper un rire plus sarcastique que franc pour souligner que c'était vraiment un euphémisme.

Enfin, il leva les yeux quand la porte d'entrée de la salle des urgences s'ouvrit. Alabama et Fiona entrèrent rapidement, suivies de Caroline. Tous les occupants de la salle d'attente les regardèrent. Vêtues de leurs robes de demoiselles d'honneur et avec la robe de mariée de Caroline, elles avaient l'air aussi décalées dans la salle d'attente d'un hôpital qu'un cowboy l'aurait été dans un club de danse de New York.

Wolf ne parvenait pas à détourner les yeux de Caroline.

— Bon Dieu, marmonna-t-il à mi-voix.

Elle lui coupait littéralement le souffle. Il s'était dit qu'il serait bouleversé par sa beauté quand elle se serait avancée vers lui dans l'église, et il avait eu raison. Peu importait qu'ils ne soient pas dans une église. Peu importait qu'ils se trouvent dans une petite salle d'attente aux urgences. Peu importait qu'il soit couvert de taches de sang et d'égratignures à cause du verre brisé.

C'était comme s'il voyait Caroline s'avancer vers lui à travers un long tunnel. Il ne parvint pas à forcer sa bouche à former des mots ; il ne parvint pas à faire bouger ses pieds. Il ne put que contempler sa fiancée.

Wolf n'entendit pas la réunion entre Abe et Alabama ni les sanglots de Fiona quand Mozart la prit dans ses bras pour la rassurer.

Caroline s'arrêta enfin devant lui. Il leva une main et la posa sur le côté du cou de sa compagne, le serrant fort.

— Putain, Ice.

Ce n'étaient pas les mots qu'il avait rêvé d'adresser à son épouse quand il l'aurait vue dans sa robe de mariée pour la première fois, mais Caroline ne parut pas s'en formaliser.

Elle plissa le visage et fit un pas vers lui, se préparant à se plonger dans les bras de son homme.

Ressentant le désir profond de prendre Caroline dans ses bras pour l'emmener loin de l'hôpital, loin de la douleur qu'il devinait qu'elle ressentait à cause de Cookie et d'avoir raté leur mariage. Mais il ne voulait pas la salir. Il posa ses mains sur ses épaules et la tint à l'écart de lui.

— Caroline, je suis couvert de sang.

— Peu m'importe.

— Je vais salir ta robe.

— Peu m'importe.

— Ice...

— Je m'en fiche complètement.

À ses paroles, Wolf fit ce qu'il avait eu envie de faire dès qu'il l'avait vue. Il serra Caroline contre lui. Une main alla sur sa taille et l'autre s'enroula à l'arrière de sa nuque, et il la pressa contre son corps. Wolf sentit les bras de Caroline s'enrouler autour de lui et s'accrocher au dos de sa chemise de parade blanche.

Ni l'un ni l'autre ne parlèrent pendant un long moment. Ils se contentèrent de s'étreindre comme s'ils n'allaient jamais se quitter.

— Dieu merci, tu vas bien.

Caroline brisa enfin le silence entre eux. Elle avait prononcé ces mots contre son cou, et malgré son murmure, Wolf les entendit.

— Je vais bien, Ice. Je vais bien.

— Je sais. Je vais me reprendre dans une seconde. Mais... ne me lâche pas encore. S'il te plaît...

— Je ne te lâche pas. Certainement pas.

Les paroles de Matthew firent sourire Caroline. Il ne remporterait jamais le prix du beau-parleur de l'année, mais il était à elle et peu lui importait. Il était là dans ses bras, entier, et avec seulement des blessures superficielles. Cela lui suffisait.

8

Caroline se retira enfin des bras de Matthew quand une infirmière demanda à la cantonade :

— Y a-t-il un parent de Hunter Knox ?

Mozart répondit :

— Ici.

Et il guida Fiona vers l'infirmière. Le reste du groupe suivit le mouvement, présentant un spectacle intéressant. Cinq hommes immenses, couverts d'égratignures et vêtus d'uniformes militaires de parade blancs, deux femmes en robes de demoiselles d'honneur couleur lilas et une femme vêtue d'une robe de mariée sans bretelles avec une petite traîne qui s'étendait derrière elle sur le sol poussiéreux de la salle d'attente ne pouvaient pas rester inaperçus et ne pas susciter de commentaires.

L'infirmière regarda avec consternation le groupe important qui convergeait vers elle.

— Euh, Madame Knox, si vous voulez bien me suivre. Nous pourrons aller discuter en privé.

— Non.

— Pardon ?

— J'ai dit non.

Fiona avait redressé l'échine, s'éloignant de Mozart et croisant les bras. Elle se tenait les coudes, une position un peu plus vulnérable que ce qu'elle avait probablement l'intention de projeter, mais personne ne dit rien. Alors elle poursuivit :

— Ces hommes font autant partie de sa famille que moi. Ils ont combattu avec lui ; ils ont souffert avec lui, ils se sont entraînés avec lui. Quoi que vous ayez à me dire, vous pouvez le leur dire aussi.

L'infirmière sembla désarçonnée, mais elle ne contredit pas cette femme visiblement affolée qui lui faisait face.

— Très bien. Allons quand même là-bas pour ne pas rester au milieu, et je vous expliquerai ce qui se passe.

L'infirmière désigna une pièce vide d'un côté de la salle d'attente, et tout le monde s'y tassa.

— Mr Knox a repris connaissance et il va bien. Nous pensons qu'il s'est cogné la tête relativement fort quand la voiture a été percutée. C'est la raison pour laquelle il a perdu connaissance pendant aussi longtemps. Il présente quelques coupures et égratignures superficielles, un peu comme la plupart d'entre vous.

— Quand pourrai-je le ramener à la maison ? demanda Fiona.

Dude se tenait à présent derrière elle, les mains sur ses épaules pour la soutenir.

— Il pourra rentrer à la maison plus tard dans la soirée, mais le médecin souhaite le garder ici en observation encore un peu, juste pour être certain qu'il aille bien. Il est resté inconscient pendant si longtemps qu'on a envie de s'assurer qu'il n'ait pas de commotion cérébrale.

— Ce ne serait pas la première fois, marmonna Mozart.

Ignorant Sam, Fiona lui demanda :

— Est-ce que je peux le voir ?

— Bien sûr, dit l'infirmière, semblant ravie que la conversation soit quasiment finie.

Manifestement, se trouver dans une pièce avec autant de testostérone en était trop pour elle.

— Suivez-moi et je vous emmènerai le voir.

— Est-ce qu'il peut recevoir d'autres visiteurs ?

demanda Caroline rapidement avant que l'infirmière ne puisse quitter la pièce.

— Euh, je ne suis pas certaine…, se déroba l'infirmière.

— Je vous en prie. Vous avez dit que ce n'était pas sérieux. Cela signifierait beaucoup pour lui d'être tous capables d'aller le voir.

Caroline sortit la grosse artillerie :

— Il était censé participer à mon mariage, aujourd'hui. Il est garçon d'honneur et on aimerait tous s'assurer de visu qu'il va bien.

Caroline essaya de prendre un air innocent.

L'infirmière y réfléchit un moment avant de finir par accepter.

— C'est d'accord, mais il faudra vous dépêcher. Ce n'est pas juste pour les autres patients d'avoir du boucan dans une des chambres.

Caroline adressa à l'infirmière un sourire lumineux.

— C'est promis. Pas de boucan. Je vous remercie.

Wolf se tourna vers elle.

— Qu'est-ce que tu manigances ?

— Qu'est-ce qui te fait penser que je manigance quelque chose ?

— Je te connais.

Caroline éclata de rire.

— Je t'aime, Matthew.

— Maintenant je *sais* que tu as une idée derrière la tête.

Caroline se blottit à nouveau contre Matthew et soupira quand elle sentit ses bras s'enrouler à nouveau autour d'elle. Elle n'avait pas été capable de respirer correctement avant d'avoir vu de ses propres yeux que Matthew allait bien.

— Tu me fais confiance ?

— Je te donnerais ma vie, répondit immédiatement Matthew.

Caroline se sentit fondre davantage. Elle leva les yeux vers Matthew, remarquant que le reste des garçons avait quitté la pièce. Ils étaient seuls.

— J'ai envie de t'épouser.

Wolf sentit son ventre se contracter. *Bordel.*

— Ice, je remuerais ciel et terre pour devenir ton époux dès aujourd'hui, mais je crains qu'il faille attendre de le faire plus tard.

Wolf regarda sa montre.

— Nous aurions dû échanger nos vœux voilà deux heures. Je sais que les membres du clergé sont patients, mais ce serait peut-être un peu trop demander.

— J'ai pour ainsi dire graissé la patte de la pasteure pour qu'elle vienne à l'hôpital avec moi.

Wolf s'inclina en arrière et posa la main sous le menton de Caroline, la forçant à le regarder dans les yeux.

— Quoi ?

Voyant la lueur sévère dans les prunelles de Matthew, Caroline balbutia :

— Euh, bon, quand j'ai appris que vous aviez eu un accident, mais que vous alliez bien, j'ai un peu perdu pied et j'ai refusé de croire que nous ne serions pas en mesure de nous marier aujourd'hui. On en avait tellement envie depuis si longtemps, et Hunter avait tellement bossé pour tout. Je voulais vraiment le faire pour lui. Je ne savais pas s'il allait s'en sortir ou pas, mais j'espérais... alors j'ai dit à la pasteure que si elle m'accompagnait à l'hôpital et acceptait de nous marier ici, tu ferais un don « conséquent » à sa paroisse.

Wolf renversa la tête en arrière et éclata de rire. Il ne s'était pas senti aussi léger depuis qu'il avait réalisé qu'ils s'étaient fait emboutir.

— Tu peux toujours devenir ma femme aujourd'hui ?

— Je serai toujours ta femme.

— Je veux dire : tu peux toujours devenir officiellement ma femme aux yeux de la loi ?

— Oui.

— Bon sang.

Wolf ne parvint pas à dire grand-chose de plus. Sa gorge parut se fermer et il ferma les paupières. Il sentit plus qu'il ne vit Caroline se hisser sur la pointe des pieds et l'embrasser sur les lèvres puis sur ses deux paupières fermées.

— Je t'épouserai quand tu veux, où tu veux, Matthew, mais j'ai envie d'offrir cela à Hunter. Il est presque aussi investi dans notre mariage que nous.

— Je t'aime, Ice. Tu es tout ce que j'ai pu désirer dans ma vie. Quand j'étais petit et que je voyais à quel point mes parents étaient heureux, j'ai prié pour trouver une femme comme celle que mon père avait trouvée. Je ne le comprenais pas vraiment à l'époque, mais en grandissant, j'ai réalisé la chance qu'il avait eue. C'est vraiment difficile de trouver ce genre d'amour. Mais à trente-six mille pieds, je l'ai trouvé. Je t'ai trouvée.

— Matthew...

— Je sais que je ne te l'ai pas encore dit aujourd'-hui, mais tu es absolument ravissante. Toi, dans cette robe ? Bon sang, Ice. Je suis tellement content que tu sois à moi. J'ai hâte de te glisser l'anneau au doigt et de te ramener à la maison pour te déshabiller. Puis je vais passer le reste de la nuit à te montrer comme je suis content que tu sois officiellement et légalement à moi.

Ce fut au tour de Caroline d'avoir les larmes aux yeux.

— Ce n'est peut-être pas un mariage traditionnel, mais tu ne trouveras jamais personne qui t'aime comme je le fais.

Wolf se pencha et s'empara des lèvres de Caroline. Il ne se retint pas et la dévora. Caroline se coula dans les bras de Matthew alors qu'elle le laissait prendre ce dont il avait besoin. Elle aimait lorsque Matthew se montrait dominant avec elle. Elle n'était généralement pas soumise, mais il était évident qu'il en avait besoin sur l'instant. D'ailleurs, Caroline savait qu'elle en retirerait les bénéfices quand ils rentreraient à la maison.

Wolf leva enfin la tête et fit courir son pouce sur les lèvres de Caroline, gonflées par les baisers et qui ne présentaient plus la moindre trace de rouge à lèvres.

— Est-ce qu'on peut aller se marier aux yeux de la loi le plus vite possible ?

Caroline sourit à celui qui serait bientôt son mari.

— Oui, laisse-moi m'assurer que la pasteure n'a pas pris ses jambes à son cou et laisse-moi convaincre l'infirmière davantage. On va aller voir Hunter et en finir.

Wolf se pencha et embrassa une nouvelle fois Caroline.

— J'aime le fait que tu veuilles offrir ça à Cookie. Il n'est pas mon frère de sang, mais c'est tout comme. Que tu le fasses pour lui signifie tout pour moi. Tu *comptes* plus que tout pour moi.

— Je sais. Tu me remercieras ce soir.

— Prépare-toi.

Ils quittèrent la pièce pour aller chercher la pasteure. Il était temps de se marier.

9

———

Caroline attendait nerveusement Fiona dans la salle d'attente. Ils essayaient de donner à Fiona du temps seule avec Hunter avant d'entrer tous dans sa chambre pour lui annoncer le mariage surprise. Caroline avait hâte de voir Hunter. Une fois que Fiona aurait terminé sa visite, Matthew et elle entreraient pour le voir et lui expliqueraient qu'ils allaient se marier tout de même... dans la chambre d'hôpital de Hunter. Caroline espérait qu'il serait content, mais avant, elle avait hâte de le voir de ses propres yeux pour s'assurer qu'il allait bien.

Enfin, Fiona entra dans la salle d'attente. On voyait qu'elle avait pleuré, mais ses lèvres étaient gonflées comme si on venait de l'embrasser profondément.

— Il est prêt à vous voir maintenant, dit doucement Fiona.

Dude s'avança et lui passa un bras autour des
épaules, la soutenant en silence.

Caroline se redressa et saisit la main de Matthew
quand il la lui tendit.

— Prête ? demanda-t-il.

— Oui.

Et Caroline *était* prête. Elle était plus que prête.
Elle regarda la pasteure qui était assise au milieu des
hommes, tout sourire. D'ailleurs, Caroline réalisa
qu'elle n'avait pas cessé de sourire durant tout
l'après-midi depuis qu'elle avait su que Hunter allait
bien. Elle semblait ravie d'avoir reçu un pot-de-vin...
euh... ravie qu'on l'ait priée d'effectuer la cérémonie
de mariage dans une chambre d'hôpital.

Caroline donna un coup à la porte de Hunter et
quand elle entendit sa réponse laconique, elle entra.

Hunter était allongé sur le lit, vêtu d'une blouse,
le drap remonté jusqu'au milieu de la poitrine. En
voyant que c'était Caroline, il s'assit prudemment
sur le lit et tendit la main.

— Ice ! Viens ici.

Caroline sourit et lâcha la main de Matthew
avant de se diriger vers le chevet de Hunter.

— Tu es belle.

Elle émit un rire moqueur.

— C'est ça, Hunter...

— Sérieusement. Bon, on dirait que tu as du sang sur ta jolie robe et ta coiffure penche un peu sur le côté, mais pour un homme qui a vu une voiture lui foncer dessus, tu es parfaite.

Cela fit plisser un peu le front à Caroline, mais Hunter poursuivit :

— Cette histoire de mariage me contrarie, mais ne t'inquiète pas, on avait une assurance pour le lieu de la réception, alors on ne perdra pas tout l'argent. Il faudra qu'on revoie pour les fleurs et quelques autres détails, mais on trouvera une solution. Donne-moi une semaine quand je serai sorti d'ici et on vous mariera en un tournemain.

Caroline renifla et se força à ravaler ses larmes. Hunter ne pensait même pas à lui ; en cet instant, il ne pensait qu'à son mariage. Elle posa la main sur la bouche de son ami.

— Écoute-moi une seconde.

Quand Hunter hocha la tête, Caroline retira la main de son visage et la tendit à Matthew qui se tenait juste derrière elle.

Caroline sourit à son compagnon quand il lui

prit la main et la porta à ses lèvres pour un rapide baiser. Puis elle se retourna vers Hunter.

— Bon, on va t'expliquer. Tu t'es démené pour ce mariage et je n'ai pas envie de tout laisser tomber. Si ça ne te dérange pas, la pasteure est là, je suis là, Matthew est là, tu es là, tous nos amis sont là... J'ai envie de me marier tout de suite. Ici. Avec toi.

Quand Hunter ne répondit pas, mais se contenta de rester allongé sur son lit à la regarder fixement, Caroline balbutia :

— Si ça te va.

— Si ça me va ? demanda Cookie d'un ton incrédule.

— Fais attention, Cookie, le prévint Wolf, ne sachant que penser du ton de sa voix.

Cookie lui adressa un coup d'œil rapide et lui fit rapidement le signe des soldats pour dire « d'accord ». Wolf se détendit et posa la main au bas du dos de Caroline afin de la soutenir.

— Caroline, viens ici, lui ordonna Cookie.

Elle fit un pas vers le lit et Cookie lui prit la main assez fort pour lui broyer les doigts.

— Je n'arrive pas à croire que tu fasses ça. Tu devrais attendre de pouvoir le faire correctement, pour que ce soit parfait.

Caroline s'assit délicatement au bord de son lit.

— Aujourd'hui est la journée parfaite. Je suis désolée que les choses ne se soient pas passées comme tu l'avais planifié, mais tout compte fait, j'ai envie de le faire aujourd'hui. Cela fait deux mois que j'attends ce jour. Je n'ai pas envie de reporter. Mais je veux que *tu* sois d'accord. Quand on y pense, c'est ton mariage à toi aussi.

Cookie leva les deux mains et plaqua la tête de Caroline contre la sienne.

— Je suis plus que d'accord. Je suis honoré que tu veuilles faire ça aujourd'hui, ici, avec moi.

— Si vous n'arrêtez pas de vous pleurnicher dessus, commenta sèchement Wolf quand l'émotion fit renifler Caroline, les médecins vont faire sortir Cookie et ton intention de te marier à son chevet n'aboutira à rien, Ice.

Caroline rit et le regarda.

— Ne t'emballe pas trop, Matthew.

Ils éclatèrent tous de rire et Caroline se redressa.

— Très bien, je vais faire entrer le reste du groupe. Matthew, reste ici. Je te retrouve dans un instant.

Elle se mit sur la pointe des pieds et embrassa celui qui deviendrait bientôt son mari. Elle s'attarda un peu et Matthew tira profit de son émotion pour approfondir le baiser. Enfin, Caroline s'écarta, s'embrassa le bout des doigts, les plaqua sur les lèvres de Matthew puis sortit de la pièce à reculons.

— Elle porte des tongs ? plaisanta Cookie avec son ami.

— Ouais.

— Ce n'est pas ce que je lui ai acheté.

— Non.

— Cela ne te dérange pas, Wolf ? demanda sérieusement Cookie.

— Absolument pas.

— Alors c'est bon.

Les deux hommes se sourirent, réfléchissant tous les deux à la femme extraordinaire qui était entrée dans leur vie.

* * *

Caroline se tenait dans le couloir de l'hôpital, se tordant nerveusement les mains. Les hommes étaient tous à l'intérieur de la petite chambre d'hôpital où Hunter était allongé sur le lit. La pasteure était également là. Tout le monde attendait qu'elle se présente, mais elle voulait d'abord se concerter avec Fiona et Alabama.

— Vous êtes les meilleures amies dont une fille puisse rêver. Je n'ai jamais eu de sœur ou même d'amie proche, mais je remercie Dieu tous les jours que vous soyez entrées dans la vie de Christopher et de Hunter.

— Vraiment ? Tu vas faire ça maintenant ? feignit de se plaindre Fiona en essuyant ses larmes.

Caroline rit et hocha la tête.

— Rien ne vaut le présent.

— D'accord ; je pourrais te dire la même chose. Quand j'étais prisonnière de cette hutte au Mexique, je n'aurais jamais cru que je m'en sortirais un jour. Vous ne me voyez pas comme une personne brisée, alors que j'ai littéralement pété un plomb sous vos yeux.

Alabama prit aussi la parole, son histoire personnelle rendant ces mots encore plus significatifs :

— Je n'ai jamais appris à faire confiance à qui que ce soit, mais vous m'avez montré que les gens pouvaient être altruistes et sincères, et je ne sais pas ce que j'aurais fait sans toi, Caroline, quand j'étais à la rue.

Les trois femmes convergèrent d'un même mouvement. Elles s'étreignirent en reniflant. Enfin, Caroline s'écarta et s'essuya les yeux.

— D'accord, je sais que c'est moi qui ai

commencé, mais j'en envie de me marier. Est-ce qu'on peut garder la sentimentalité pour plus tard ?

Alabama suivit Caroline et s'essuya le visage, imitée par Fiona.

— Bon, Alabama, entre en premier, puis Fiona. C'est juste comme la procession qu'on avait prévue pour l'église, mais avec une allée bien plus petite.

Elles pouffèrent, et alors qu'Alabama s'apprêtait à ouvrir la porte pour entrer, elle se tourna à la dernière minute.

— Je t'aime, ma belle. Je suis tellement contente pour toi.

Puis elle disparut.

Caroline se tourna alors vers Fiona.

— Oh, Dieu, pas toi. Je ne sais pas si je peux en supporter davantage.

Fiona rit face à Caroline.

— Tout ce que je veux dire, c'est merci de m'avoir permis de garder les pieds sur terre à l'église. Pendant une seconde, mon monde s'était écroulé, mais tu as été là, à me ramener dans la réalité et à m'aider à survivre à ce moment. Tu l'avais déjà fait au centre commercial le jour où j'ai eu ce flash-back. Merci.

— Je te remercie, Fiona. Je sais que tu aurais fait la même chose pour moi.

— Tu ne crois pas si bien dire.

— Bon, j'y vais.

Fiona se pencha, embrassa Caroline sur la joue et disparut à son tour.

Caroline inspira profondément ; elle était prête. Sans attendre une seconde de plus, même pour créer un effet dramatique, elle ouvrit la porte de la chambre de Hunter et s'y faufila. Ils étaient à l'étroit. La pièce n'était déjà pas très grande, mais avec tous les soldats, la pasteure et ses deux amies, elle était super bondée.

Matthew se tenait au chevet du lit de Hunter. La pasteure se tenait près de la porte, prête à regagner sa place une fois que Caroline serait parvenue au côté de Matthew.

Caroline se dirigea vers lui et lui prit les mains. N'ayant pas de bouquet, elle se sentait empotée de rester plantée là, mais Matthew n'hésita pas et prit ses mains dans les siennes. Le sourire qu'il lui adressa lui coupa le souffle. Matthew était réellement bel homme, et dans un instant seulement, il serait entièrement à elle.

— Nous sommes réunis aujourd'hui...

La voix de la pasteure poursuivit sa litanie, mais Caroline ne voyait que les yeux de Matthew. Braqués sur elle, ils brûlaient de passion. Elle se dit que

Matthew voyait la même chose dans les siens. Elle essaya de rester dans le présent, mais la promesse qui pétillait dans les prunelles de Matthew faillit la submerger. Elle ne pensait qu'à la sensation de la virilité rigide de Matthew glissant en elle et la sensation de ses mains qui parcouraient son corps.

Elle sursauta quand Matthew mit la main dans sa poche et en tira deux anneaux. Leurs alliances lui étaient complètement sorties de la tête. Dieu merci, pas de celle de Matthew.

Le temps venu, Wolf porta la main de Caroline à sa bouche et embrassa sa bague de fiançailles. Il la lui retira puis enfila l'alliance sur son doigt jusqu'au bout. Il remplaça son diamant et porta à nouveau la main de Caroline à sa bouche pour lui embrasser le doigt. Cette fois, Wolf s'attarda, savourant la sensation et la vue de son sceau sur sa main.

Puis ce fut au tour de Caroline. Ce n'était pas prévu, mais elle ne put empêcher les mots de sortir de sa bouche. Alors qu'elle poussait la large alliance de platine le long du doigt de Matthew, elle lui dit honnêtement et avec sincérité :

— Je sais que tu ne pourras probablement pas la porter quand tu seras en mission, et cela ne fait rien. Je sais que tu m'appartiens ; tu sais que je t'appartiens.

Caroline suivit alors l'exemple de Matthew et porta sa main à sa bouche, embrassant l'alliance qui reposait contre sa peau.

Elle vit Matthew articuler les mots « je t'aime ». Se perdant encore une fois dans son regard, elle n'entendit pas les jolies paroles prononcées par la pasteure.

— Je le veux.

La force et la certitude des mots de Matthew firent brusquement revenir Caroline à la réalité. Il leva une main vers sa bouche et l'embrassa.

Caroline écouta la pasteure lui demander si elle prenait Matthew pour époux. Quand ce fut son tour, elle répondit :

— Je le veux.

Sachant ce qui allait arriver, Caroline ne put qu'adresser un sourire stupide à Matthew en attendant les mots qu'ils désiraient tous les deux entendre. Enfin, la pasteure les libéra de leurs souffrances.

— Je vous déclare mari et femme. Vous pouvez à présent embrasser la mariée.

Matthew plaça les deux mains autour du cou de Caroline, une position qu'elle aimait. Et sentir qu'il la tenait entre ses mains pour l'embrasser ne manquait jamais de faire réagir son corps à lui.

— Je t'aime, Ice.

Wolf avait prononcé ces mots contre ses lèvres.

— Je t'aime aussi, Matthew.

Elle caressait les lèvres de Wolf des siennes avec les mots qu'elle murmurait. Avant que la dernière syllabe ne lui soit sortie de la bouche, Wolf conclut le lien qui les unissait. Il lui tint la tête immobile et lui fit incliner la bouche encore davantage jusqu'à ce que Caroline se retrouve exactement où il voulait qu'elle soit. Leurs langues luttèrent l'une contre l'autre, se goûtant et se taquinant. Ce n'était absolument pas leur premier baiser.

Mais c'était leur premier en tant que mari et femme. Quelque part, cela le rendait complètement différent de tout autre baiser qu'ils avaient déjà pu échanger. Il fallut que la pasteure s'éclaircisse la gorge une troisième fois pour que Wolf s'écarte de son épouse. Il sourit à Caroline et passa le bout de son doigt sur sa joue rougie.

— Tu es à moi.

Caroline lui sourit.

— À toi, répondit-elle dans un murmure.

— Penche-toi un peu par ici pour que je puisse embrasser la mariée, lui ordonna Cookie, interrompant leur moment.

Caroline rit, se tourna vers le lit et se pencha. Au lieu du chaste baiser sur la joue auquel elle s'était attendue, Hunter l'embrassa en plein sur la bouche.

— Hé là ! lâcha Wolf.

Caroline rit et frappa Hunter à l'épaule.

— Tu ne devrais pas jouer avec lui comme ça.

— Mais c'est tellement facile, répondit Cookie.

— À mon tour, dit Dude en faisant tourner Caroline vers lui.

Il l'embrassa lui aussi sur la bouche.

— Bienvenue dans la famille.

Quand Caroline se retourna vers Matthew, elle vit qu'il était au bord de la crise de nerfs et essaya de le rassurer.

— Hé, mon époux.

Ses mots firent l'affaire.

— Hé, mon épouse.

Wolf prit Caroline dans ses bras et se détendit en la sentant fondre contre lui.

— Souriez ! leur dit Fiona qui prit une photo avec son téléphone portable avant que Caroline ou Wolf ne puissent faire le moindre mouvement.

— Elle est bonne ! s'exclama-t-elle en vérifiant sur son téléphone. J'ai pris des photos pendant la cérémonie, mais je pense que c'est ma préférée.

Alabama fourra soudain son téléphone sous les yeux de Fiona sans dire un mot.

— Bon, j'ai menti. C'est *celle-là* ma préférée.

Fiona prit le téléphone de la main d'Alabama et tourna l'écran vers Caroline et Wolf.

Alabama avait pris une photo pendant que Wolf embrassait son épouse. La passion qu'il avait pour Caroline était manifeste. La tête de Caroline avait basculé en arrière en ce qui aurait dû être un angle maladroit, mais les mains de Wolf autour de son cou l'empêchaient de se pencher trop en arrière. Caroline et lui avaient les paupières fermées et elle avait passé la main à l'arrière de sa tête.

Fiona rendit son téléphone à Alabama et s'assit sur le lit à côté de Hunter. Elle posa une main sur la sienne et Caroline vit Hunter la retourner immédiatement pour la serrer fort.

— Alors, est-ce que c'est le moment de la première danse ? demanda Hunter d'un ton qui était presque sarcastique.

Caroline savait qu'il était toujours irrité contre elle. Elle avait beau l'avoir rassuré à maintes reprises en disant qu'elle avait choisi la chanson et parlé au DJ, le fait qu'elle refuse de lui dire quelle chanson elle avait choisie l'agaçait au plus haut point. Il avait posé la question, exigé de le savoir, puis avait essayé de la faire culpabiliser pour qu'elle le lui dise, mais Caroline avait tenu bon. Elle voulait au moins conserver *une* surprise.

— Oui, je pense, lui dit-elle d'un ton plaisant avant de se tourner vers Faulkner et de tendre la main. Merci d'avoir gardé mon téléphone.

Dude tira le téléphone de sa poche et le lui tendit.

Alors que Caroline cherchait la bonne chanson sur son application, Cookie se tourna vers Fiona.

— Tu sais quelle chanson elle a choisie ?

— Ne me demande rien, Hunter, lui dit Fiona d'un ton sévère en frottant amoureusement son pouce sur le dessus de sa main.

Il était évident qu'elle ne parvenait pas à se fâcher vraiment contre lui.

— Elle ne l'a dit à personne.

Caroline rendit le téléphone à Faulkner.

— D'accord, je suis prête. Appuie sur le bouton dans une seconde.

Elle se tourna vers Matthew et se dirigea directement dans ses bras. Elle leva la tête vers lui.

— Ce n'est pas une chanson conventionnelle.

Wolf l'interrompit :

— Je ne m'attends pas à autre chose de toi, Ice.

Caroline lui sourit et reprit :

— D'accord, ce n'est pas une chanson conventionnelle pour un mariage. Ce n'est même pas une chanson faite pour danser, mais la première fois que je l'ai entendue, j'ai pensé à nous. J'ai cherché les paroles et j'ai su qu'elle serait parfaite. Maintenant, elle me fait penser à toi chaque fois que je l'entends.

Derrière eux, la musique commença et Caroline sourit quand le haut-parleur de son petit téléphone crachota *Come to Me*, la chanson des Goo Goo Dolls.

Ils se balancèrent d'avant en arrière en écoutant le récit d'un amour qui avait commencé par une amitié. Caroline ne détourna pas les yeux de Matthew alors qu'ils dansaient sur place, mais elle savait que tout le monde les regardait en souriant.

Caroline fut stupéfaite quand, durant le crescendo, Matthew lui chanta les paroles, mais tout en les modifiant pour qu'elles correspondent aux circonstances actuelles.

— Aujourd'hui est le jour où je t'ai faite mienne ; je ne suis pas arrivé à l'église à temps. Prends ma main dans cette chambre d'hôpital, tu es ma femme et je suis ton époux. Viens à moi, mon cher amour ; on va tout reprendre à zéro.

— Oh, mon Dieu !

Caroline entendit son exclamation, ne reconnut

pas la voix, mais choisit de l'ignorer. Elle n'avait d'yeux que pour son mari.

— Tu connais cette chanson ?

— Oui, Ice, je la connais.

Il ne développa pas.

— Comment ? lui demanda Caroline.

— Pour être honnête, tu as oublié ton téléphone un soir et j'ai vu que tu l'avais écoutée. Je l'ai cherchée pour la télécharger. Je me suis dit que si tu l'aimais, je devrais l'écouter. C'est une super bonne chanson. Et maintenant, c'est *notre* chanson.

Il surprit à nouveau Caroline et changea encore une fois légèrement les paroles :

— Maintenant, c'est notre chanson préférée.

— Waouh.

Les mots étaient venus de l'infirmière qui se tenait dans l'encadrement de la porte. C'était sa voix que Caroline avait entendue quand Matthew lui avait chanté les paroles.

— Je crois que c'est la plus belle chose que j'ai vue de toute ma vie.

Caroline sourit. Elle ne pouvait pas la contredire.

Une fois la chanson terminée, elle se tourna vers Hunter.

— Alors ? Comment je me suis débrouillée ?

— Bien, Ice. Bien, lui répondit-il en souriant. Je

n'aurais pas pu choisir une meilleure chanson pour vous deux.

Ce compliment la fit sourire et elle se retourna vers son mari.

— Je t'aime, Matthew.

— Je t'aime, Caroline.

10

Wolf se cala contre la tête de lit et sourit à sa femme. Il n'avait révélé à personne leur destination pour leur voyage de noces, et jusque-là, cela avait été parfait. Caroline avait cru qu'ils se rendraient à la plage. Malgré son désir de la voir en bikini, il avait eu une destination différente à l'esprit. Caroline avait tellement laissé entendre qu'elle espérait qu'il l'emmène à Maui qu'il avait juré de l'y emmener en vacances dans très peu de temps.

Ses coéquipiers aussi avaient essayé de deviner et avaient proposé des idées comme Paris et San Francisco. Mais Wolf avait refusé de leur dire où ils partaient et il n'aurait pas pu être plus satisfait du résultat de ses cachotteries.

La seule personne à qui il s'était confié était

Fiona. Wolf avait besoin d'elle pour faire les valises de Caroline et y placer les vêtements appropriés et des trucs de fille. Il ne s'attendait pas à ce que Caroline ait *besoin* de beaucoup de vêtements, mais il savait que sa femme voudrait prendre quelques-unes de ses affaires avec elle. Alors il l'avait dit à Fiona, qui avait juré qu'elle n'en parlerait à personne, pas même à Cookie.

Ils n'étaient pas partis très loin. Wolf les avait emmenés à Sedona en Arizona, dans un chalet très haut dans les montagnes. Il s'était renseigné sur internet et avait réservé la chambre la plus isolée qui soit. Il avait l'intention de garder Caroline nue dans son lit durant toute la semaine. L'endroit avait un service en chambre, et c'était tout ce dont il avait besoin. Un lit, de la nourriture et sa femme.

Wolf sourit. Sa femme. Bon sang, ces mots sonnaient bien. Il écarta les cheveux du visage de Caroline et sourit lorsqu'elle se blottit davantage contre lui. Elle était épuisée et Wolf savait que c'était sa faute. Il se serait bien excusé, mais il n'était absolument pas désolé.

Wolf repensa au matin, quand Caroline avait vérifié ses mails. Il n'avait pas voulu qu'elle le fasse, mais il savait qu'elle pensait à ses amies. Fiona et Alabama avaient compilé toutes les photos qu'elles avaient prises de leur mariage et avaient envoyé le lien de l'album en ligne à Caroline. Les photos ne seraient jamais parvenues à convaincre qui que ce soit que c'était un beau mariage, mais Wolf les adorait.

Les cheveux de Caroline étaient ébouriffés sur toutes les photos. Sa robe avait plusieurs traces noires le long de l'ourlet. Elle traînait par terre parce qu'elle portait des tongs au lieu de ses talons. Ses chaussures faisaient à présent partie de leur histoire, parce que dans une des photos, il l'avait fait basculer sur son bras et elle avait levé la jambe pour l'enrouler autour de sa taille. Ses chaussures peu conventionnelles étaient clairement visibles.

La robe de Caroline était également froissée et elle présentait d'occasionnelles taches rouges. Wolf savait qu'il l'avait prévenue, mais Dieu merci, elle s'en fichait. Son maquillage était inexistant, mais cela dit, c'était ainsi que Wolf la voyait au quotidien, et il aimait la voir ressembler « à elle-même » sur leurs photos de mariage.

Fiona et Alabama étaient aussi mal coiffées que Caroline, mais elles étaient également rayonnantes et toutes chiffonnées. Il y avait une photographie de Fiona allongée sur le lit à côté de Cookie, avec sa main gauche et son alliance bien en évidence posée sur sa poitrine. Elle avait les paupières fermées, mais Cookie la regardait comme si elle était – à juste titre – la chose la plus précieuse au monde.

Alabama avait également inclus une photo d'elle-même et d'Abe. Il se tenait derrière elle, un bras passé en diagonale autour de sa poitrine et l'autre autour de sa taille pour la serrer contre lui. Alabama le regardait et riait de ce qu'il venait de lui dire. Même avec sa robe lilas froissée et une paire de baskets aux pieds, elle était radieuse dans les bras de son homme.

Les amies de Caroline s'étaient surpassées pour capturer la moindre seconde de leur mariage impromptu, depuis les garçons qui l'avaient embrassée par surprise jusqu'à ce que les époux signent leur contrat de mariage. Bon sang, Alabama avait même glissé une photo de Wolf en train de refiler à la pasteure une liasse de billets pour la remercier d'avoir pris la peine de passer tout l'après-midi à l'hôpital. Bien sûr, la pasteure avait dit que ce n'était pas grand-chose et elle avait balayé ses remerciements d'un revers de la main, mais Wolf sourit en se remémorant la façon dont elle avait empoché l'argent en marmonnant que cela servirait à développer le parc de jeux pour enfants de l'église.

Après qu'ils se soient mariés, Wolf avait appelé

ses parents pour leur expliquer ce qui s'était passé cet après-midi-là. Caroline s'était inquiétée qu'ils soient contrariés d'avoir raté le mariage de leur fils, mais Wolf savait que cela ne leur ferait rien. Et c'était vrai. Ils étaient très contents que leur fils soit heureux et il était plus qu'évident qu'il l'était. Ils avaient fait promettre à Wolf de passer dîner avec Caroline dès que possible une fois qu'ils seraient revenus de leur voyage de noces.

Les pensées de Wolf revinrent vers Caroline. Même si ces photos lui avaient plu, il s'était vite lassé de les regarder et avait écarté l'ordinateur, introduisant Caroline au concept du « sexe de jeunes mariés sur la table de la cuisine ». Elle s'était prise au jeu avec enthousiasme.

Ils n'avaient jamais honte d'avoir recours au sexe afin de se prouver l'étendue de leur amour. Caroline et Wolf l'avaient souvent fait depuis qu'ils vivaient ensemble, mais ils n'avaient jamais eu le luxe de s'abandonner complètement, sans avoir à penser à nul autre qu'à eux. Il y avait toujours eu le boulot ou bien une histoire ou une autre. D'abord, cela avait été avec Alabama et Abe, puis avec Fiona. Ils ne pouvaient pas reprocher ce qui était arrivé à leurs amis, mais c'était le paradis de ne pas avoir à penser à autre chose qu'à être ensemble.

Caroline resserra son étreinte puis ouvrit lentement les yeux et leva la tête.

— Tu n'arrives pas à dormir ? murmura-t-elle d'une voix endormie.

Wolf rit discrètement. Ils étaient au beau milieu de l'après-midi. Il était parfaitement éveillé et n'était vraiment pas assez fatigué pour faire une sieste.

— Non. Rendors-toi, Ice. Tu en auras besoin pour plus tard.

N'ayant pas eu l'intention de l'exciter par ses paroles, Wolf fut agréablement surpris que cela se produise. Caroline se déplaça et se retrouva à califourchon sur lui. Ils étaient à la même hauteur puisqu'il était appuyé contre la tête de lit.

— Tu n'es pas fatigué ? redemanda Caroline, lui passant cette fois les mains sur sa poitrine puissante tout en parlant.

Ses doigts caressèrent ses mamelons pendant un moment avant de glisser plus bas, le prenant dans sa main.

Wolf se sentit durcir au premier contact de ses doigts délicats contre lui.

— Bon sang, Ice, tu vas me tuer.

— Mais quelle belle façon de mourir, n'est-ce pas ?

Caroline se décala afin de pouvoir accueillir Wolf

en elle, puis elle se rassit. Ou du moins, elle essaya, car Wolf lui serrait les hanches et ne voulait pas la laisser l'accueillir entièrement en elle.

— Tu es prête pour moi, Ice ? Je ne veux pas te faire mal.

— Je ne veux pas être vulgaire, Matthew, haleta Caroline en saisissant fermement ses épaules alors qu'elle le regardait dans les yeux tout en parlant, mais j'ai toujours ton dernier orgasme à l'intérieur de moi. Tu m'excites rien qu'avec ton regard de braise. Alors pour répondre à ta question, oui, je suis prête pour toi. Je suis *toujours* prête pour toi. Je mouille, tu ne me feras pas mal.

Wolf desserra sa prise et laissa Caroline retomber sur lui. Elle avait raison. Elle était trempée. Chaude, humide et étroite.

— Pourquoi est-ce que c'est de mieux en mieux ?

Caroline sut que sa question était rhétorique et elle n'y répondit pas. Elle commença à bouger, ne détachant pas les yeux de son mari.

— Je t'aime, Matthew.

Wolf sourit. Il ne se lasserait jamais de ces paroles.

— Je t'aime aussi, Caroline. Maintenant, tais-toi et prends-moi.

Vingt minutes plus tard, Wolf se remit à sourire.

Il avait l'impression de ne pas pouvoir s'en empêcher. Ils étaient allongés en travers du lit, les couvertures avaient disparu et Caroline était à nouveau blottie dans ses bras.

Wolf déplaça sa jambe, qu'il avait calée contre le côté du lit, et il s'assit un peu plus haut. Caroline grogna.

— Accroche-toi, Ice.

Wolf s'étira et les déplaça tous les deux pour qu'ils se retrouvent à nouveau allongés dans la bonne direction. Il se pencha et récupéra un oreiller qui était tombé à terre, oublié, pendant qu'ils faisaient l'amour. Il les fit se réinstaller et soupira.

Wolf entendit Caroline inspirer profondément et il lui embrassa la tempe. Ses jambes étaient mêlées aux siennes et il sentait la chaleur de son corps se glisser dans la sienne. La flaque sous ses fesses l'irritait, mais quand il songea à ce qui avait causé cette humidité, il sut qu'il supporterait de rester allongé là le temps que Caroline se réveille et qu'ils puissent recommencer.

Enfin, sentant le sommeil venir, il songea à ce qu'il leur commanderait pour le dîner. Il voulait s'assurer qu'ils conservent leurs forces. Il leur restait encore quatre jours à passer loin du monde. Il prit la main gauche de Caroline et admira les bagues qu'elle portait. Cela lui donnait l'impression d'être un homme des cavernes, mais il aimait laisser sa marque sur elle.

Wolf ferma les yeux en songeant à son épouse. Son épouse. Il n'aurait jamais cru avoir autant de chance dans la vie. Avant de s'endormir, il songea une fois de plus aux paroles de leur chanson de mariage. On n'avait jamais chanté des paroles aussi vraies. Caroline était géniale, et il était terriblement reconnaissant.

*

Ne ratez pas le prochain tome de la série Forces Très Spéciales : Un Protecteur Pour Summer !

DU MÊME AUTEUR

Autres livres de Susan Stoker

Forces Très Spéciales Series

Un Protecteur Pour Caroline

Un Protecteur Pour Alabama

Un Protecteur Pour Fiona

Un Mari Pour Caroline

Un Protecteur Pour Summer

Un Protecteur Pour Cheyenne

Un Protecteur Pour Jessyka

Un Protecteur Pour Julie

Un Protecteur Pour Melody

Un Protecteur Pour the Future

Un Protecteur Pour Kiera

Un Protecteur Pour Dakota

Delta Force Heroes Series

Un héros pour Rayne

Un héros pour Emily

Un héros pour Harley

Un mari pour Emily

Un héros pour Kassie

Un héros pour Bryn

Un héros pour Casey

Un héros pour Wendy (Mars)

Un héros pour Mary (Avril)

Un héros pour Macie (May)

En Anglai

Delta Force Heroes Series

Rescuing Rayne

Rescuing Emily

Rescuing Harley

Marrying Emily (novella)

Rescuing Kassie

Rescuing Bryn

Rescuing Casey

Rescuing Sadie (novella)

Rescuing Wendy

Rescuing Mary

Rescuing Macie (novella)

Delta Team Two Series

Shielding Gillian (Apr 2020)

Shielding Kinley (Aug 2020)

Shielding Aspen (Oct 2020)

Shielding Riley (Jan 2021)

Shielding Devyn (TBA)

Shielding Ember (TBA)

Shielding Sierra (TBA)

SEAL of Protection: Legacy Series

Securing Caite

Securing Brenae (novella)

Securing Sidney

Securing Piper

Securing Zoey

Securing Avery (May 2020)

Securing Kalee (Sept 2020)

Protecting Cheyenne

Protecting Jessyka

Protecting Julie (novella)

Protecting Melody

Protecting the Future

Protecting Kiera (novella)

Protecting Alabama's Kids (novella)

Protecting Dakota

Badge of Honor: Texas Heroes Series

Justice for Mackenzie

Justice for Mickie

Justice for Corrie

Justice for Laine (novella)

Shelter for Elizabeth

Justice for Boone

Shelter for Adeline

Shelter for Sophie

Justice for Erin

Justice for Milena

Shelter for Blythe

Justice for Hope

Shelter for Quinn

Shelter for Koren

Shelter for Penelope

À PROPOS DE L'AUTEUR

Susan Stoker est une auteure de best-sellers aux classements du New York Times, de USA Today et du Wall Street Journal. Elle a notamment écrit les séries Badge of Honor: Texas Heroes, SEAL of Protection et Delta Force Heroes. Mariée à un sous-officier de l'armée américaine à la retraite, Susan a vécu dans tous les États-Unis, du Missouri jusqu'en Californie en passant par le Colorado, et elle habite actuellement sous le vaste ciel du Tennessee. Fervente adepte des fins heureuses, Susan aime écrire des romans où les sentiments laissent place au grand amour.

http://www.StokerAces.com

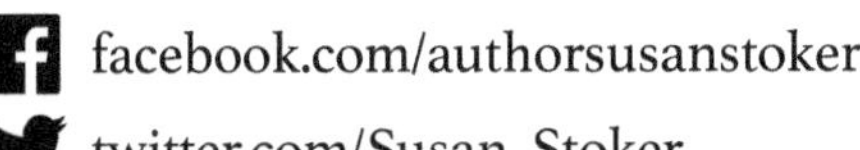